KB072806

無生錄

F A N T A S T I C   O R I E N T A L   H E R O E S

무생록

이민섭 新무협 판타지 소설

무생록 4

이민섭 新무협 판타지 소설

초판 1쇄 찍은 날 § 2014년 1월 22일
초판 1쇄 펴낸 날 § 2014년 1월 29일

지은이 § 이민섭
펴낸이 § 서경석

편집부장 § 권태완
편집책임 § 어정원

펴낸곳 § 도서출판 청어람
등록번호 § 제1081-1-89호
등록일자 § 1999. 5. 31
어람번호 § 제2-2456호

주소 § 경기도 부천시 원미구 심곡2동 163-2 서경B/D 3F (우) 420-822
전화 § 032-656-4452팩스 § 032-656-4453
http://www.chungeoram.com
E-mail § chungeorambook@daum.net

ISBN 978-89-251-3686-8 04810
ISBN 978-89-251-3563-2 (세트)

無生錄

무생록

4

이민섭 新무협 판타지 소설

FANTASTIC ORIENTAL HEROES

도서출판 청어람

目次

第一章

기이한 자들

무생록

청월루주를 쫓던 무생은 남궁소연이 어디론가 들어가는 것을 발견했다.

청월루주의 기척 역시 그곳으로 향하고 있어 무생은 고민할 것도 없이 몸을 날렸다.

콰가가!!

무생의 신법은 은밀함과는 거리가 멀었다. 유연함이 가미되었기는 하지만 무너지는 담벼락과 일그러지는 지면을 보고 있으면 절로 살이 떨릴 지경이었다.

무림인들은 무생의 파괴적인 신법을 직접 목격하니 온몸

에 전율을 머금을 수밖에 없었다. 가히 제왕의 발걸음이라고 해도 무색할 정도였다.

점창파의 문도들은 눈을 질끈 감으며 염마대제가 백도무림에 있음을 감사하게 생각했다.

그런 생각들과는 아무런 상관없다는 듯 무생은 허름한 창고 바로 앞에서 멈춰 섰다.

쾌앙!!

무생이 갑자스럽게 멈춰 서자 지면이 파도처럼 일어나고 충격파가 주변을 휩쓸었다.

선천지기를 일으켜 어떠한 감속 없이 바로 서버렸기 때문이다. 보통 자연을 모방하는 신법들과는 궤를 달리하는 모습이었다.

준비자세 없이 번개같이 움직이고 갑자스럽게 멈춰서는 모습은 마치 역천의 뜻을 담고 있는 듯했다.

'지하에 뭔가 있군.'

충격으로 인해 반쯤 부서진 창고 안으로 들어서자 무생은 쉽게 지하로 가는 통로를 찾을 수 있었다.

통로에 들어서자 어둠 속에 정체 모를 자들이 숨어 있었다. 하나 무생이 통로 끝에 도달할 때까지 그들은 움직일 수조차 없었다.

무생이 한 걸음 내딛으면서 뿜어지는 존재감은 기척에 민

감한 자들의 오금을 굳게 만드는 힘이 있었다.

사냥감을 쫓는 맹호의 기세가 이러할까?

무생이 천천히 걸어 들어오자 가면무사는 남궁소연에게 검강이 치솟은 검을 휘두르는 것을 멈췄다.

무생은 가면무사를 바라보지 않고 오로지 청월루주만에게 시선을 둘 뿐이었다.

"오, 오라버니."

남궁소연은 철렁했던 위기의 순간을 상기하며 가슴을 쓸어내렸다.

무생이 나타나서 맥을 끊지 않았더라면 죽지는 않더라도 큰 부상을 입었을 터였다.

"오, 오오! 여, 염마대제! 대, 대협! 부디 저, 저 아, 악적들을 토벌해 주십시오! 사, 사례는 톡톡히……."

비굴하게 무생을 보며 그렇게 말하는 청월루주였다. 청월루주는 두려움에 오줌까지 지려가며 덜덜 떨었다. 어떻게든 살 방도를 찾기 위해 열심히 눈을 굴렸다.

"저, 저는 저 악적들의 사, 사술에 빠져서… 조종당한 것일 뿐입니다! 저기 있는 하, 하오문주도 저, 저자들이 명령해서……."

"하오문주?"

무생이 하오문주라는 말에 쇠사슬에 엉망진창으로 묶여

있는 사내를 바라보았다. 그러자 청월루주는 깜짝 놀라며 자신의 입을 막았다.

"허, 허업!"

"실종되었다는 하오문주가 저 사람이었다니……."

남궁소연은 상황이 이해가 된 듯 고개를 끄덕이며 말했다. 청월루주는 무생에게 기어가 바지를 잡았다.

"아, 아무튼 저, 저는 결백합니다! 대협!"

"잘됐군."

"예?"

무생은 가볍게 고개를 끄덕였다.

"한 번에 모든 빚을 갚을 수 있겠어."

"그, 그게 무슨……."

무생은 자신의 발에 매달려 있는 청월루주를 바라보았다. 그러고는 강하게 진각을 밟았다.

쾅!

청월루주의 몸이 바닥에 부딪힘과 동시에 충격에 의해 공중으로 치솟았다.

무생의 주먹이 쥐어졌다. 무생의 주먹 안에는 운현이 주었던 엽전이 들려 있었다.

천무권 엽전폭렬타(葉錢爆裂打).

공중에 떠 있던 청월루주의 가슴에 무생의 주먹이 닿았다.
주먹이 닿는 순간 모든 것이 정지한 것 같은 정막이 내려앉았
다.

콰가가가!!

한순간에 터져 나간 충격파가 주변의 먼지를 모조리 날려
버렸다.

청월루주의 상의가 모조리 찢겨 나가며 뒤로 강하게 튕겨
져 나가 벽에 처박혔다. 벽을 부수고 몸이 반이나 들어가 버
려 단단히 고정되었다.

"음……."

가면무사는 신음성을 흘렸다. 그가 신음성을 흘린 까닭은
청월루주가 벽에 박힐 정도의 위력 때문이 아니었다.

무생의 손에서 녹은 엽전이 청월루주의 주요 혈맥에 박혀
버려 운공조차 제대로 할 수 없는 몸이 되었기 때문이다.

그것뿐만 아니었다.

무생의 선천지기는 그 무엇보다도 정순했다.

무생의 선천지기를 담은 엽전의 조각들이 청월루주를 끊
임없이 참회의 지옥 속으로 끌어당겨 버렸다.

그것은 죽어 지옥 속에서 죄를 씻는 것과 맞먹는 고통일 것
이다.

사지가 움직였다면 스스로 자결했을 것이 분명했다.

"크, 크허허!"

피눈물을 흘리며 울부짖는 청월루주는 이내 정신을 잃고 고개를 떨구었다.

"과연, 네가 남궁소연을 비호하고 있는 무생이라는 자로군. 염마대제라는 별호가 어울리기는 하나 우리를 당해낼 수 있을 것 같은가?"

"시장잡배쯤은 어렵지 않지."

"듣던 것처럼 오만한 자로군."

그렇게 말한 가면무사는 신음을 흘리며 조금 물러나 검을 치켜들었다. 주변에 퍼져 있던 가면무사의 수하들 역시 마찬가지였다.

이 공간이 긴장감으로 가득 찼다. 남궁소연이 보기에도 누군가 함부로 움직인다면 바로 공격이 시작되는 그런 상황이었다.

남궁소연이 호흡을 가다듬고 검을 다시 잡으며 식은땀을 흘릴 때 무생이 입을 떼었다.

"하오문주요?"

긴장감 속에서 무생은 태연하게 포박되어 있는 사내에게 말을 건넸다.

전신의 상처에서 오는 고통 속에서 하오문주는 간신히 고개를 끄덕였다.

"은자 값을 치룰 수 있겠군."

그렇게 말한 무생이 손을 뻗어 허공섭물의 수법으로 하오문주의 포박을 풀었다. 힘없이 넘어지는 것을 남궁소연이 잡아주었다.

가면무사가 살기를 내뿜자 그의 수하들이 어둠 가운데 눈을 흉흉하게 빛냈다.

하나 그 무엇도 무생에게는 감흥이 없었다. 남궁소연을 노린 자들이 아니었다면 무생은 별 관심 없이 그냥 지나쳤을 것이다.

"쿨럭, 저들은… 무림맹도… 마교도 아닌…….

남궁소연이 부축하고 있는 하오문주가 피를 토하며 그렇게 말했다. 가면무사가 품에서 빠르게 암기를 꺼내 하오문주에게 던졌다.

쉬익!! 탁!

하나 무생이 간단히 손을 뻗자 암기는 허망하게 무생의 팔에 맞고 바닥에 떨어졌다.

보통이라면 팔 자체가 날아갈 공력을 머금고 있었지만 무생의 앞에서는 바늘만도 못한 공격이었다.

"날… 구해주는 이유가 뭡니까?"

"월향에게 지불할 은자가 있소."

"월향!"

하오문주의 일그러진 눈에서 눈물이 흘러내렸다.

가면무사는 무생에게 검을 겨누며 살기를 증폭시켰다. 남궁소연이 휘청거릴 만큼 대단한 살기였다.

감정이란 느껴지지 않았고 오로지 사람을 죽이는 도구로밖에 보이지 않을 지경이었다. 그것이 가면무사의 무공 수위를 짐작 불가능하게 만들었다.

"얼마나 빚진 거지? 우리는 인재를 좋아한다. 자비로우신 대천지주께서 널 거둬주실 것이다. 뿐만 아니라 부귀영화를 약속하지."

가면무사의 감정이 느껴지지 않는 말에 하오문주는 침을 꿀꺽 삼켰다. 월향에게 무슨 연고로 빚을 진 것인지는 모르지만 단지 빚 때문에 움직이는 고수라면 충분히 흔들릴 만한 제의였다.

"은자 네 냥."

"그것뿐인가."

"청소하는 데는 과분한 보수지."

타협을 모르는 자가 분명했다.

가면무사는 고개를 설레 내저었다. 가면 뒤의 얼굴은 분명 어이가 없다는 표정일 것이다.

하나, 살짝 드러난 그의 눈에서는 어떠한 감정의 파문도 읽을 수 없었다.

"목숨 값으로는 하찮군. 우리를 적으로 돌리고 살아남은 자는 없다."

"듣던 중 반가운 소리군."

무생이 관심이 생길 만한 소리였다. 가면무사가 하는 말은 무생에게 있어서 대단히 반가운 소리였다.

저런 시장잡배들이 얼마나 대단할지는 모르지만 가능성이 생기는 것은 언제든 환영이었다.

무생은 진심을 담아 말한 것이지만 무생의 말이 그들에게 는 자신들을 모욕하는 것으로 들렸다.

무생은 휘몰아치는 살기 속에서 천천히 주먹을 쥐었다. 그리고 산책이라도 나온 듯한 표정으로 남궁소연을 바라보았다.

"하오문주를 데리고 나가거라."

"네!"

남궁소연은 무생과 눈을 맞추며 고개를 끄덕였다. 그리고 바로 하오문주의 몸을 붙잡으며 몸을 날렸다. 어둠 속에 있던 가면무사의 수하들이 남궁소연을 쫓으려 했지만,

퍼억!

잔상을 그리며 사라진 무생이 갑작스럽게 나타나 가면무사의 수하들을 벽에 박아버렸다. 주먹을 휘두른 것도 아니고

그저 무적수라보로 막아선 것이 다였다.

몸에 부딪힌 자들은 허리가 꺾여버리며 강하게 튕겨져 나
가 곤죽이 되어버렸다.

세상에 이런 신법이 존재할 수 있을까?

완전한 금강불괴를 이용한 신법이라고도 볼 수 있었다.

가히 무적이라 불려도 어색함이 없는 모습이었다.

털썩!

튕겨져 나간 가면무사의 수하들은 피떡이 되어 바닥에 떨
어졌다. 뼈와 근육, 그리고 장기들 모두가 어디 하나 온전한
곳이 없었다. 그들은 목숨이 끊어지는 그 순간까지 신음 소리
조차 낼 수 없었다.

너무나 빠르게 당해 버려 자신이 죽었다는 사실도 알아차
리지 못했을 것이다.

가면 무사는 눈앞에 있는 염마대제라는 자가 도저히 인간
으로는 보이지 않았다.

"가공할 만한 신법이군."

동요가 있을 법도 하지만 전혀 그런 모습이 보이지 않았다.
오히려 침착하게 진을 정비할 뿐이었다.

인형과도 같은 모습에 무생은 흥미가 생겼다. 감정과 이성
을 모두 통제할 수 있다면 이런 지루함도 느끼지 않을 수 있
을 테니 말이다.

모든 감정을 지운다면 말이다.

'그것이 어쩌면 죽음인지도 모르겠군.'

무생이 그렇게 생각할 때 어둠에 숨어 있던 가면무사의 수하들이 모습을 드러냈다.

사십을 넘어서는 숫자임에도 하나같이 모두 절정 이상의 기도를 지니고 있어 중소방파는 하루아침에 멸문시킬 수 있을 만한 전력이었다. 게다가 그들에게 감도는 불길함은 그 전력을 넘어서는 끔찍함을 불러 일으켰다.

"시정잡배보다는 강도 쪽이겠어."

무생은 그들이 내뿜는 피 냄새를 충분히 맡을 수 있었다. 하나, 이 정도로는 무생에게 감흥을 불러일으킬 수 없었다. 불과 구십 년 전만 해도 이런 강도들보다 더한 자들이 꽤나 즐비했기 때문이다. 아니, 이제는 아득히 먼 과거의 기억은 더욱 처참했다.

먼저 움직인 것은 가면무사 쪽이었다.

"살!"

가면무사의 살기 어린 외침이 울려 퍼지자 모두가 무생에게 달려들기 시작했다.

붉은 안광을 빛내며 어둠 속에서 뿜어져 나오는 모습은 귀신과도 같이 보였다.

무생은 그들을 바라보지 않고 오직 가면무사만에게만 시

선을 두었다. 가면무사의 기이한 형태의 검에서는 핏빛으로 일렁이는 검강이 한 자 이상 치솟아 있었다.

특이한 점은 너무나 강한 혈향이었다. 화산의 검에서 매화향이 난다면 가면무사의 검에서는 지독한 혈향이 났다.

무림인들이라면 결코 잊을 수 없는 냄새겠지만 무생은 아니었다. 꽃 냄새까지 나는데 피 냄새 따위가 뭐가 대수란 말인가.

가면무사의 검이 기이하게 일그러졌다. 극악무도하게 까지 느껴지는 쾌검이었지만 그 속에 환검의 묘리가 숨어 있었다. 시각뿐만 아니라 혈향으로 후각에 파고들어 종극에는 촉각마저 속이는 마공이었다.

쉬이이익!

마치 검에서 피분수가 터져 나가는 듯한 모습으로 무생의 사혈을 향해 검이 찔러 들어왔다. 뿐만 아니라 주변을 둘러싼 가면무사의 수하들이 검기 다발을 쏘아 보냈다.

빠져나갈 틈 없이 너무나 촘촘해 마치 그물을 연상시키는 합격술이었다.

위기감을 느끼며 모든 내력을 끌어 올리며 방어 초식을 취해야 할 상황이었지만 정작 무생은 딴생각을 하고 있었다.

무생의 몸에 모든 공격이 작렬했다.

콰가가가가!!

막대한 충격파가 주위를 휩쓸었다. 지면이 일그러졌고 천장이 무너지기 시작했다. 검기 다발은 반발력에 의해 파도에 휩쓸리는 모래알처럼 사라진 지 오래였고 오로지 가면무사만이 무생의 사혈에 검을 댄 채 그렇게 있을 뿐이었다.

무생은 사혈을 찌르고 있는 검을 바라보다가 자신의 옷에 내려앉은 먼지를 털어냈다. 가면무사는 힘을 주어 검을 밀어 넣어 보았지만 오히려 밀려 나올 뿐이었다.

무생의 옷에 닿은 것이 기적인지도 모른다. 무생이 가만히 있음에도 가면무사가 주춤 밀려났다.

"금강불괴……?"

가면무사의 눈빛이 처음으로 흔들렸다. 아무리 외공을 극한으로 익힌 자라도 검강을 몸으로 받아내는 것은 힘들다는 것이 통설이었다. 하나 눈앞에 있는 염마대제는 그런 통설을 단번에 뒤집었다.

후두둑!

천장이 조금씩 무너져 내리고 있었다. 정적이 내려앉았다. 오로지 돌조각들이 떨어지는 소리밖에 들리지 않았다. 무생은 더 해보라는 듯 가만히 서서 기다려 줄 따름이었다.

"흐읍!!"

가면무사의 검이 그의 손에서 떠올랐다. 핏빛 강기가 검의 모든 부분에 스며들고 하나의 강탄이 되어 떠오른 것이다. 가면무사의 무공 수위를 가늠해 볼 수 있는 대목이었다. 이런 자가 무림에 알려지지 않았다는 것이 신기할 따름이었다.

가면무사의 검이 공중을 유영하며 무생에게 빨려들 듯 날아갔다. 한 줄기 잔상을 그리는 검은 가히 극쾌라 불려도 손색이 없었다.

혈마존이 즐겨 썼다는 혈성강탄과 비슷한 모습이었다. 백도무림에서 목격한다면 단박에 무림공적에 올릴 모습이었다.

떨어져 내리는 유성처럼 잔상을 그리며 무생의 몸에 닿았다.

콰아앙!!

무생의 앞 지면이 하늘로 솟구쳤다. 무생의 심장 부근에 도달한 핏빛 검은 무생의 옷을 뚫는 데는 성공했지만 그 이상이 될 수 없었다.

내력 소모가 극심해 살짝 비틀거린 가면무사는 아무렇지도 않은 무생의 모습을 보자 신음성을 흘렸다.

'마치 대천지주를 보는 듯하다.'

가면무사는 그렇게 생각했다. 무생은 바닥에 떨어지는 검을 바라보다가 시선을 가면무사에게로 옮겼다.

"이게 다인가?"

"이것이 다가 아니다."

가면무사의 침착한 말에 무생은 살짝 고개를 끄덕였다. 이 정도 공격은 독제도 보여준 공부였다. 핏빛 강탄이라는 점은 흥미로웠지만 단지 그것뿐이었다.

"그렇다면……."

무생은 왼팔의 옷소매를 걷었다. 그러고는 바닥에 떨어진 가면무사의 검을 오른손으로 주워 들었다. 무생이 검을 들자 모두가 경계하며 뒤로 몇 발자국 물러났다.

무생의 눈이 가라앉았다. 가라앉아 있었던 거대한 선천지기가 눈을 뜨기 시작했다. 무생의 결코 부서지지 않는 몸으로도 감당할 수 없을 정도로 치솟은 기운은 공간마저 짓누르는 것처럼 강렬했다.

무생은 검에 대해 비급을 작성하기는 했지만 자신이 직접 써본 적은 별로 없었다. 홍수희가 무생에게 검에 대한 흥미를 부여해 주지 않았더라면 검에는 일절 관심이 없었을 것이다.

부르르!!

무생의 선천지기를 머금은 검은 깨질 듯이 떨리며 공명을 토해냈다. 그러다 일순간 잠잠해졌다. 검에 깃든 기운은 마치 잔잔한 바다와 같이 느껴졌다.

"무형… 강기?!"

강기가 느껴지지 않는 것은 이미 주변 자체가 무생의 선천지기에 잠식되어 있었기 때문이다.

눈으로 볼 수 없고 느낄 수 없지만 어떤 것이든 잘라 버리는 완벽한 검이 그곳에 존재하고 있었다. 상승무공을 넘어선 무형검의 경지였지만 무생에게는 그저 선천지기를 뽑아낸 것에 지나지 않았다.

'천무검이 좋겠군.'

무공의 이름을 짓는 것은 그럭저럭 재미있는 소일거리이기도 했다. 무생이 검을 천천히 들자 가면무사는 헛바람을 삼키며 방어 초식을 취했다. 하지만 무생의 검은 가면무사에게로 향하지 않았다.

천천히 든 자신의 왼팔을 바라보다가 그곳을 향해 극쾌를 넘어선 빠르기로 휘둘렀다.

천무검(天無劍) 일초식 단자신(斷自身).

누구도 예상하지 못한, 자신의 팔을 잘라 버리는 무공이 펼쳐졌다. 무형검에 이른 검이었기에 팔이 간단히 잘려 나가야 했겠지만 무생의 몸이 그것을 가만히 둘 리 없었다.

끼잉! 콰아아아아앙!!

팔에 닿는 순간 선천지기가 일어나며 검을 밀어냈다. 그것이 막대한 충격이 되어 주변을 휩쓸었다. 주변 모든 것을 모조리 갈아버리고 천장이며 벽, 지면을 가루로 만들고 있는 것이다.

"크윽! 모두 이곳에서 벗어난다!"

가면무사의 말에 수하들은 몸을 날렸지만 몇몇은 휩쓸려 피분수가 되어 사라졌고 무너지는 천장을 피하지 못한 자들도 있었다.

황금빛 기운이 솟구치며 천장을 뚫고 지면 밖으로 뛰쳐나갔다. 창고가 있던 일대가 무너져 내리며 마치 지진이라도 일어난 것처럼 지면이 갈라져 버렸다.

천장이 휑하니 뚫려 밤하늘이 그대로 보였다. 온몸에 핏빛 강기를 띤 가면무사는 비틀거리다가 간신히 균형을 잡아서며 무생을 바라보았다.

무생의 왼팔에 닿은 검은 더 이상 나아가지 못하고 그대로 멈춰 있었다. 검이 강한 공명을 내며 갈라지고 있었다.

쨍그랑!

검면에 금이 갔다.

무생은 반쯤 박살 난 검을 가면무사의 앞에 던졌다. 지켜보는 모두가 침묵을 지킬 수밖에 없었다. 자신의 신체를 자르려는 검술은 본 적도 없을 뿐더러 잘리지도 않고 이런 말도 안 되는 위력을 발휘하다니 말이다.

이런 것이야말로 사술일 것이다.

검법이라고 하기엔 그 말로밖에는 설명이 되지 않았고, 납득이 되지 않았다.

가면무사는 비틀거리다가 손을 뻗어 수하의 목덜미를 잡았다.

"크, 크아아악!"

수하의 몸에서 핏빛 기류가 흘러나오더니 가면무사의 몸에 흡수되듯이 그렇게 빨려 들어갔다.

털썩!

수하의 목이 떨어져 나가고 바닥에 떨어지는 순간 가루가 되어버렸다. 가면무사는 공력을 회복한 듯 다시 기세가 흉흉해졌다.

무생은 가면무사를 바라보다가 바닥을 박차고 지면 위로 올라왔다. 무너진 창고와 주변 건물들 사이에 서 있는 가면무사와 그의 수하들을 모두 온전히 볼 수 있었다.

전신을 가리는 검은 피풍의를 입고 있었고 눈을 제외한 모든 곳을 가리는 가면 따위를 걸치고 있었다. 딱 봐도 수상해 보이는 차림새였다. 사파연합조차 저렇게 가리고 다니지는 않았으니 말이다.

"이곳에서 반드시 죽여야겠군. 이 정도 고수라면 큰 방해가 될 것이 분명하니."

가면무사는 그렇게 말하며 무생을 노려보았다.

"날 죽일 방법이라도 있나?"

"어떤 무공도 혈마기를 극복할 수 없다."

무생은 혈마기라는 소리에 흥미가 생겼다. 무언가 특별한 것을 보여주려는 모양이니 말이다.

"좋군. 한 번 해봐라."

　무생이 그렇게 말하자 가면무사가 한 손을 들었다. 그러자 수하들이 모두 몸을 웅크리며 자세를 낮추었다.

"혈!!"

　가면무사의 외침이 울려 퍼지자 핏빛 기운이 휘몰아쳤다. 사십에 달하는 가면무사의 수하가 온몸을 부르르 떨더니 비명성을 지르기 시작했다.

"크아아아!"

"크으!!"

　마치 짐승의 울부짖는 것 같은 목소리였다. 그와 동시에 그들의 몸을 붉은 기운이 잠식하기 시작했다. 그것은 하오문도들이 보였던 것보다 조금 더 진했고 더욱 강한 혈향을 내뿜고 있었다.

"크흐!"

　가면무사의 몸에는 한층 더 강력한 기운이 솟구쳤다. 그것은 보다 뚜렷하게 유형화되어 있는 혈마기였다. 전신에 혈마 강기를 두르며 학살을 자행했던 혈마존과 무척이나 닮은 모습이라 할 수 있었다.

　무생이 흥미롭다는 듯 그들을 천천히 바라볼 때 많은 무림인들이 나타났다. 용협맹뿐만 아니라 합비에 있던 많은 백도무림인들이 염마대제를 돕기 위해 스스로 나선 것이다.

"허억! 혈마인이다!"

"이럴 수가 청월루에서 본 것이 역시 사실이었군!"

광폭한 혈마기를 내뿜는 혈마인들 사이에 오롯이 서 있는 염마대제는 백도무림인들에게 전율을 가져다주었다. 그야말로 악인들을 처벌하는 완벽한 영웅호걸의 모습이었다.

오히려 혈마인들이 무생을 부각시켜 준 것이다.

"일이 꼬였군. 과연, 이런 것까지 염두해 놓은 건가?"

가면무사는 백도무림인들을 하나로 모은 무생의 저력에 감탄했다. 스스로의 몸을 사리기 급급한 백도무림인들이 이처럼 변할 수 있는 까닭은 바로 무생이 있었기 때문이라고 생각했다.

'대천지주께 누가 될 인물이다. 하나 우리를 막기엔 늦었다.'

가면무사는 무생을 노려보며 그렇게 생각했다.

"점창의 제자들은 염마대제를 도와라!"

"우리도 함께하겠소!"

무림인들이 검을 빼 들자 가면무사를 제외한 혈마인들이 사방으로 뻗어나갔다.

第二章

혈마인

무생록

혈마존.

무림인들에게 가장 사악하고 악랄한 무공을 고르라고 한다면 누구나 거론하는 데 주저함이 없는 것이 바로 그의 무공이다. 혈마기 자체가 호신강기를 파괴하는 기운이었고 혈맥을 찢고 내공을 흐트러뜨리는 독이었다.

때문에 혈마기를 두른 혈마인들을 상대하려면 혈마인 자체보다 두 수 정도 더 높은 경지에 있어야 한다는 것이 통설이었다.

"크으! 진정 혈마기란 말인가!"

점창파의 제자 중 하나가 가슴을 부여잡으며 그렇게 외쳤다. 진기의 흐름이 끊기고 혈맥이 뒤틀리니 점혈을 하며 물러나는 수밖에 없었다.

혈마인의 진가가 나타난 것이다.

용협맹의 무인들 중 하나에게 혈마인이 검을 휘두를 때였다.

휘익!

무생이 손을 뻗자 혈마인이 가볍게 빨려 들어왔다. 온몸에 핏빛 기류를 뿌리고 있는 혈마인이 무생의 손에 닿자,

콰아앙!!

그대로 굉음을 내며 폭발해 버렸다. 기이하게도 무생의 선천지기와 혈마기는 상극이었다. 보통 내기와 닿을 때보다 강한 폭발이 일었다.

폭발음은 벽력탄을 보는 듯했고 형체를 알아볼 수 없게 변해 버렸다. 그것을 이해할 수 없었던 무림인의 머릿속에 떠오르는 무공이 있었다.

염마대제 무공으로 알려진 폭강기였다.

무림인들은 감탄하며 무생을 바라보았다.

"과연 염마대제의 무공이다. 혈마인 따위는 상대도 되지 않는군."

"산동 무인의 힘을 보여주자!"

"물러서지 마라!"

무생의 신위에 무림인들의 기세가 오르기 시작했다. 가면무사의 검이 살짝 떨렸다. 혈마기를 접하고도 아무렇지도 않은 모습은 있을 수 없는 일이기 때문이었다.

무생은 가면무사를 묵묵히 바라보았다.

"퇴각한다."

가면무사의 말이 떨어지자 부상을 입은 혈마인들은 입안에 있는 독을 깨물고 자결했다. 얼굴이 모조리 녹아버리는 독은 절로 눈을 찌푸리게 만들 정도였다.

그 외의 다른 혈마인들은 모두 자리에서 이탈하기 시작했다.

"이게 끝인가? 아쉽군."

무생은 그렇게 말하며 주먹을 쥐었다. 다소 실망감이 느껴지는 목소리였다.

"세 번 정도 기다려 줬으면 됐겠지."

물러나려던 가면무사가 흠칫하며 무생을 바라보았다. 무생의 기세가 심상치 않았기 때문이다. 치솟던 먼지들이 바닥에 꺼질 정도로 무생의 기세는 무거웠다.

그것이 위기로 다가왔기 때문일까?

가면무사는 주변에 있던 수하들의 목을 비틀어 혈마기를 흡수하기 시작했다.

"혈마강기?!"

무림인들은 유형화된 혈마기를 보며 경악 어린 외침을 내뱉었다. 가면무사가 전신 내력을 끌어올릴 때였다.

쿵

무생이 진각을 밟자 지면이 터져 나가며 먼지가 휘몰아쳤다. 혈마인이 어찌 되었든 전혀 흥미롭지 않았고 이제는 은자 네 냥 어치를 갚아줘야 할 차례였다.

천무권 은자사연격(銀子四連擊).

무생의 기운이 폭사되며 은자의 값어치를 담은 권법이 펼쳐졌다.

파아아!!

가면무사의 몸에는 짙은 혈마강기가 뿜어져 나오고 있었다. 손에 맺힌 수강은 닿는 것만으로도 내공을 증발시키고 혈맥을 파괴하는 극악한 기운이었다.

가면무사가 자세를 잡았다. 기이하게도 마공이나 사공의 형식이 아니었다. 혈마강기와 어울리지 않는 듯하면서도 기이한 조화를 나타내고 있었다.

가면무사의 손이 먼저 뻗었고, 그 뒤에 무생의 주먹이 뻗어갔다. 치명적인 혈마강기가 사방으로 뿜어져 나가며 주변에 작렬했다.

뻗었던 가면무사의 손이 갑자기 회수되었다. 공격 초식은 허수였고 빠르게 방어 초식을 펼친 것이다. 가면무사 앞에 펼쳐진 핏빛 호신강기 앞에 무생의 주먹이 닿았다.

쾅! 쾅! 쾅! 콰아앙!!

한 번에 네 번을 때리는 듯한 빠르기였다. 단 한 점을 지면을 갈아버리는 파괴력으로 사연타를 갈긴 것이다.

두 번째 타격 때 호신강기가 사라졌고, 세 번째 타격에 혈마강기가 깨졌으며, 네 번째 타격이 가면무사의 몸에 박혀들었다.

쉬이익!!

무생의 주먹에 직격당한 가면무사의 몸이 어마어마한 속도로 날아가 처박혔다. 혈강기가 깨지며 붉은 안개를 만드는 모습은 그야말로 장관이었다.

피의 안개를 보는 듯해 무림인들은 섬뜩함을 넘어선 두려움을 느꼈다. 무생은 주먹을 내리며 가면무사가 떨어진 곳을 바라보았다.

"도망갔군."

혈마인들이 하늘에서 내리듯이 바닥에 떨어졌다. 혈마기를 흡수당한 자들이 대부분이었지만, 그중에 아직 살아 있는 자들도 있었다.

"염마대제께서 악적들을 물리치셨다!"

"혈마인조차 상대가 되지 않다니! 이것은 백도무림의 홍복이오!"

용협맹 소속 무인들은 물론이고, 다른 무림인들까지 무생을 흠모의 눈빛으로 바라보았다. 무생은 옷에 묻은 혈기를 털어내며 가면무사가 사라진 곳을 바라보았다.

'생각보다 큰 집단인 것 같군. 시시하긴 하지만.'

남궁소연을 위협하는 집단에 대한 생각을 산적 정도에서 그럭저럭 위험한 강도 정도로 상승시킨 무생이었다. 위험에 대한 기준은 자신에게 있는 것이 아니기에 현실성이 많이 떨어지는 감이 있기는 했으나 대체적으로 옳을 것이라 생각했다.

"괜찮으세요?"

남궁소연이 무생에게 다가와 물었다. 남궁소연의 옷이 조금 찢어져 있기는 했지만 부상당한 곳은 없어 보였다. 남궁소연은 무생을 바라보다가 무생의 소매 끝이 살짝 붉은 것을 발견했다.

"피?"

하지만 무생에게는 상처가 전혀 없었다. 눈을 비비고 다시 바라보니 붉은 자국은 사라지고 없었다.

"왜 그러느냐."

"아니에요."

남궁소연은 그렇게 말하며 고개를 저었다. 그러다가 살짝 한숨을 내쉬었다. 무언가 복잡하게 돌아가는 상황에 머리가 아파온 것이다.

"무 대협! 점창파의 문도들은 무 대협의 영웅지심에 큰 감복을 받았소!"

"용협맹 역시 무 대협의 숭고한 정신을 기릴 것입니다!"

무림인들은 눈을 빛내며 무생을 칭송했다. 무생이 보여준 신위와 업적은 그들의 마음에 불을 지피기 충분했다.

*　　　*　　　*

무림인들이 현장을 수습했다. 혈마인들의 대부분이 가루가 되었지만 무생과의 격돌로 인해 정신을 잃은 혈마인들을 사로잡을 수 있었다.

점창파가 앞장서서 혈마인들의 혈을 짚어 자결할 수 없도록 만들어 포박했고, 청월루에 마련된 임시 본부에서 삼엄하게 감시했다.

젊은 명문정파의 제자들과 합비에 있던 노련한 고수들이 '합비정의회'를 구성해서 사태가 명백히 해결될 때까지 머물기로 했다.

특히나 사로잡은 청월루주가 피눈물을 흘리며 무림맹의 몇몇 인원을 언급한 덕분에 사건의 진위를 알아보기 위해 구파일방의 원로 고수들이 합비로 온다는 소식이 전해졌다.

"확실히 무림맹이 조금이라도 연루되어 있다면 개혁이 필요합니다!"

"그렇소! 이는 백도무림의 치욕이오. 마교나 사파도 아니고 혈마인이라니!"

청월루 일층에 모여 있는 무림인들의 말들이 오갔다. 점창파뿐만 아니라 산동의 유명검수들이 뭉쳐 만든 산동협검회, 백림회 그리고 용협맹에 이르기까지 저마다 자신의 의견을 말하길 망설이지 않았다.

용협맹의 대표로 있는 곽진은 비록 후기지수에 지나지 않았지만 무당파에 속해 있다는 점에서 제법 많은 발언권을 가질 수 있었다.

"의선께서 오신다고 하니 한시름 놓았구려."

"염마대제께서는 어찌 생각하실지 궁금하오."

염마대제의 이름이 나오자 모두 고개를 끄덕였다. 무생은 모르고 있었지만 정의회의 회주로 추대된 지 오래였다. 용협맹은 거의 무생추종회 수준이었고 다른 무림인들도 비슷한 수준이니 만장일치로 빠르게 결정된 것이었다.

"염마대제께서는 하오문주를 치료하고 계신다니 그 학식

이 실로 놀랍구려."

"음! 듣기로 죽어가는 기녀를 순식간에 고친 것도 염마대
제라 들었소."

"기녀라 무시하며 도움에 인색했던 자신이 부끄러워지는
대목이로군!"

모두다 무생에 대한 칭찬을 한마디씩 거들었다. 무생에게
잘 보이고 싶은 마음이 깔려 있기는 했으나 순수하게 감탄하
는 마음이 더 컸다.

천하십제에 드는 무공 실력과 영웅과도 같은 행보, 거기에
의술까지 더해지니 도저히 감탄하지 않을 수 없을 지경이었
다.

"음! 그러고 보니 사이한 고수였던 냉혈면사를 참회시키셨
다 하지 않았소?"

"청월루주 역시 매일같이 피눈물을 흘리고 있으니 혹여 소
림의 공부를 익힌 것이 아닌지……?"

"음……. 정말 염마대제의 무공의 근원이 참 궁금해지는구
려."

그렇게 청월루에 모인 사람들은 이런저런 말들을 나누었
다.

무생이 있는 곳까지 그 소란이 들릴 만큼 그들의 이야기는
끝날 조짐이 보이지 않았다.

한편, 무생은 밖의 소란에 대해선 전혀 신경 쓰지 않고 하오문주를 그의 방이었던 곳에서 보살피기에 여념이 없었다. 남궁소연만이 점점 커져 가는 사태에 초조한 기색을 보일 뿐이었다.

"밖이 시끄럽군요."

"혈기왕성한 사내들이니 그럴 수밖에."

무생은 남궁소연의 말에 간단하게 대답하고는 하오문주를 바라보았다. 하오문주는 간신히 눈동자를 굴려 무생과 눈을 맞추었다.

"제 몸은… 제가 알고 있습니다. 의선이 온다고 해도 고칠 수 없을 겁니다."

온전한 곳을 찾을 수 없을 지경이었다. 의선이 온다고 해도 방도가 없을 것이 분명했지만, 무생은 담담히 하오문주를 바라볼 뿐이었다.

"부탁할 것이 있는데 죽으면 곤란하오."

"쿨럭……."

하오문주는 피를 토해냈다.

"월향, 그 아이는 잘 지내고 있습니까?"

"그건 잘 모르겠소."

무생은 품에서 옥패 세 개를 꺼내 하오문주에게 건넸다. 하오문주의 눈이 흔들렸다. 그러다가 눈빛이 가라앉더니 무생을 다시 바라보았다.

"하란… 그녀가 무사한 것을 확인했으니 죽어도 여한이 없습니다. 오히려 이렇게 죽는 것이 행운이겠군요. 염마대제께 하오문을 부탁해도 되겠습니까?"

남궁소연의 눈이 커졌다. 그 말은 무생에게 하오문의 모든 권리를 넘긴다는 말이었다. 세 옥패가 모두 있으니 정통성에 대해서도 따질 사람이 없었다.

비록 백도무림에서 하오문에 대한 평판이 좋지 않기는 했지만 무생이 맡는다면 순식간에 달라질 것이다.

무생의 명성과 무위, 그리고 하오문의 정보력이 만난다면 수위급 문파로 거듭나는 것은 손쉬울 것으로 보였다.

"싫소. 거참 말이 많군."

생각할 것도 없다는 듯 거절하는 무생의 말에 하오문주는 할 말을 잃었다.

"나는 하오문주에게 용건이 있어서 온 것일 뿐이오. 그러니……."

무생은 천천히 주먹을 쥐었다. 선천지기가 응집된 주먹은 찬란한 황금빛으로 일렁였다. 기운이 너무나 따스해 하오문주는 마치 부처의 손길을 보는 듯한 착각이 들 정도였다.

"사내라면 쫑알쫑알 엄살 부리지 말고 일어나시오."

"무슨……?! 커억!"

무생의 주먹이 그대로 하오문주의 가슴을 후려쳤다. 강한 타격에 하오문주의 몸이 절로 튀어오를 정도였다. 갈비뼈가 으스러지고 장기가 파열될 정도였지만 기이하게도 하오문주는 편안함을 느꼈다.

뇌노가 부르길 이를 회생타법(回生打法)이라 하였다. 상대의 몸에 선천지기를 박아 넣음과 동시에 상대의 잠력을 모조리 일깨우는 무생의 치료법 중 가장 기본적인 것이었다. 오로지 무생만이 할 수 있는 수법이기도 했다.

나약한 소리를 하며 무생의 심기를 거슬리게 하는 자들에게 주로 썼던 수법이기도 했다. 과격하기 그지없는 수법이었지만 효과는 확실했다.

내상이 급속도로 아물고 단전이 충만하게 차오르고 있었다. 그것만으로 잃어버렸던 활력을 찾도록 하기엔 충분했다.

내력이 회복되자 하오문주는 몸을 가눌 수 있을 정도가 되었다. 그때 들어온 여인과 아이가 있었다. 소하란과 운현이었다.

"가가!"

"하란……!"

무생과 남궁소연이 있음에도 하란은 하오문주의 품에 달려와 안겼다. 운현은 어색한 듯이 하오문주를 바라보다가 조금씩 다가갔다.

"네가… 내 아들이구나."

하오문주는 아직 움직이기 불편한 손을 들어 운현의 머리를 쓰다듬었다. 그러자 운현의 눈에서 눈물이 흘러나왔다. 처음 느끼는 아버지의 손길이었기 때문이다.

"은인께서 저와 운현을 살려주셨어요."

하란의 말에 하오문주는 눈시울을 붉히며 무생을 바라보았다.

"이 은혜를 어찌 갚으면 되겠습니까?"

하오문주가 또렷한 음색이 담긴 목소리로 물었다. 무생은 생각할 것도 없다는 듯 하오문주를 바라보며 입을 떼었다.

"부탁이 있소."

하오문을 찾아온 이유는 남궁소연의 동생에 대한 소재 때문이었다. 상당히 돌아온 느낌이 있기는 했으나 어쨌든 하오문주가 무사하니 그 목적을 이룰 수 있을 것이다. 하오문주는 무생을 바라보다가 입을 떼었다.

"무엇을 하실 생각이십니까?"

"남궁세가에 대해 아시오?"

무생이 남궁세가를 언급하자 하오문주의 눈이 크게 떠졌다.

"찾아야 할 사람이 있고 집을 다시 지을 작정이오."

하오문주는 침착하게 고개를 끄덕였다.

남궁세가에 대한 일은 하오문주로서도 충분히 알고 있는 대목이었다. 그것은 백도무림을 적으로 돌릴 수 있는 위험한 말이었지만 눈앞에 있는 염마대제는 전혀 그런 것을 두려워하는 기색이 없었다.

하오문주는 순간 염마대제가 백도무림의 틀 안에 넣기엔 너무나 큰 사람이라는 것을 깨달았다. 백도무림 안에 있으니 멸시를 받으며 음지에 숨어 있는 하오문을 끌어올려 줄 구세주인지도 모른다.

하오문주는 선택해야 할 때임을 깨달았다. 계속 이렇게 하오문의 명맥만 이어가며 무림인들에게 이용당할 것인가, 아니면 위험을 감수하고 염마대제를 따라 더 높은 곳을 지향할 것인가!

소하란이 하오문주의 손을 잡아주었다. 하오문주는 결심한 듯 고개를 끄덕이며 입을 떼었다.

"하오문은 그러기 위해 존재할 것입니다."

무생은 하오문주가 한 말을 그렇게 깊게 생각하지 않았다. 그저 부탁을 들어준다는 말쯤으로 생각한 것이다.

하지만 남궁소연과 소하란은 달랐다. 하오문주가 스스로 무생을 따를 것임을 선언한 것이다.

삼패가 모두 있는 이상 하오문주의 권한은 절대적이었으니 어떤 반발도 일어날 리 없었다. 아니, 오히려 하오문도들은 염마대제의 품에 들어간 것을 환영할 것이다.

"조금만 시간을 주십시오. 하오문을 재정비한 다음 다시 찾아뵙겠습니다."

무생이 남궁소연을 바라보자 남궁소연은 얼떨떨한 표정을 짓고 있다가 고개를 끄덕였다.

"그러시오."

무생은 청월루주의 일도 있었으니 하오문이란 곳도 시끄러울 것이라 생각했다. 이런 상황에서 제대로 남궁소연의 동생에 대한 것을 알아봐 줄 수 없으니 무생은 정비가 될 때까지 기다리기로 했다.

'우리를 양지로 이끌어 주실 분이다.'

하오문주는 체제 정비를 빠르게 마칠 필요성을 느꼈다. 이제 각지에 퍼져 있는 하오문의 힘을 제대로 모아야 할 때였다. 하오문주는 무생을 중심으로 무림이 다시 개편될 것임을 믿어 의심치 않았다.

남궁소연은 자신을 위해(?) 하오문을 접수한 무생의 모습에 감동할 뿐이었다. 정작 무생은 합비에서 할 소일거리들을 생각할 뿐이었지만 말이다.

第三章

영웅

합비에서 있었던 일들이 전 무림을 뒤흔들었다.

  가장 충격적인 것은 혈마인의 등장이었다. 무림을 피바다
로 만들었던 혈마존의 흔적들이 다시금 무림사에 모습을 드
러내자 모두 충격에 빠졌다.

  때문에 사건의 진위를 알아보기 위해 구파일방에서 직접
인원을 추슬러 합비로 보내고 있었다.

  이번 일이 무림맹과 연관이 있을지도 모른다는 의혹이 생
겨나자 잠시 무림의 일에서 물러나 있던 구파일방의 원로들
이 직접 진위를 확인한다고 나선 것이다.

용협맹 소속, 명문정파의 젊은 후기지수들이 증언하고 나서자 좌시할 수 없는 사태임을 깨달은 것이다.

청월루주와 하오문주의 일 역시 많은 이들을 합비로 불러모으는 데 일조했다. 하지만 역시 화제의 중심은 염마대제였다.

점창파의 제자들은 염마대제가 직접 협행이 무엇인지를 보여주었을 뿐만 아니라 백도무림의 무공으로 혈마인과 대적할 수 있다는 것일 알려주었다고 칭송했다.

젊은 명문정파 후기지수들이 모인 용협맹은 아예 염마대제를 대협의 모범으로 삼아 염마대제의 업적을 기리고 배우기를 자청했다.

염마대제는 합비에서 일어난 불미스러운 납치 사건을 해결했을 뿐만 아니라 납치사건이 혈마인과 관련되어 있다는 것을 밝혀냈다.

고문을 당한 하오문주의 목숨을 구하니 이제는 구파일방의 어린 제자들은 가장 닮고 싶은 무인으로 염마대제를 꼽는데 주저함이 없을 지경이었다.

염마대제의 명성은 날이 갈수록 높아졌다. 사천당문과 하북팽가에서는 업적을 기리는 시까지 지어주었으니, 중소 문파들은 염마대제와 인맥을 쌓기 위해 앞다투어 염마대제를 지지한다는 입장을 표명했다.

하지만 무생은 그런 사실을 전혀 몰랐다. 알았다고 해도 신경을 쓰지 않을 것이 뻔했지만 말이다.

탕! 탕!

망치질 소리가 요란하게 울려 퍼졌다. 너무나 맑고 고운 음색은 망치질 소리보다는 악기 소리와 비슷했다. 사람의 심금을 뒤흔드는 무언가가 존재했다.

소리의 원인은 바로 무생이었다.

무생은 지금 낡은 건물을 부수고 그럴 듯한 집을 짓는 중이었다.

할 일거리를 생각해 보던 무생은 버려진 기녀들이 살던 곳이 생각나 스스로 일을 만들어 하는 중이었다. 마냥 기다리는 것도 나쁘지 않았으나 할 일이 있는 편이 시간을 보내기 좋았기 때문이다.

"무 대협! 이쪽에 옮겨 놓으면 되겠습니까?"

"음, 좋은 나무로군."

나무를 들고 온 곽진을 바라보며 무생은 그렇게 말했다. 무생은 시간을 죽이기 위해 한 일이지만 무림인들은 그렇게 생각할 리 없었다.

"염마대제께서 직접 가난한 여인들을 위해 나서셨다!"

"그야말로 영웅호걸의 표본이시다!"

무생의 선행(?)을 보며 그렇게 말하고 다니던 용협맹의 무인들은 자신의 속한 문파에 연락을 넣어 지원을 받아내는 데 주저하지 않았다. 특히 곽진의 경우에는 무당파에 연락하여 막대한 지원금을 받아내었다.

그러자 소문은 눈덩이처럼 커졌고 정의감에 불타는 무림인들이 합비로 몰려와 무생을 돕길 자청했다. 덕분에 가장 낙후된 곳이 가장 많은 사람들로 넘쳐 났다.

"기둥을 세워라!"

"조금 집터를 넓히는 편이 어떻소?"

"음……!"

당연히 무에만 몰두한 무림인들은 건축이란 것을 해본 적이 없었다. 목수들을 고용하는 편이 나았겠지만 그것은 스스로 기회를 차버리는 행위였다.

"과연! 날카로움만이 능사가 아니었구나!"

"진정한 쾌는 무거움에서 나온다는 것을 깨달았소!"

무생이 손수 알려주자 무림인들은 눈을 질끈 감고 바닥에 주저앉아 피를 토해내듯 깨달음을 얻곤 했다. 때문에 체면을 생각할 것도 없이 웃통을 벗어가며 가장 험한 일을 맡길 주저하지 않았다.

"고생이 많으시구려! 자자! 이것들 드시고 하시오!"

"점창에서 지원이 왔다!"

"역시 점창은 그릇부터 다르군!"

많은 음식들과 재료들을 가지고 온 것은 점창의 진천이었다. 진천은 무생에게 포권지례를 하였다. 망치질을 하던 무생은 간단히 인사할 뿐이었다.

여인들이 음식을 그릇에 담아 무림인들에게 나누어 주었다.

"드시고 하시지요."

"생각 없소."

여인은 눈물 맺힌 눈으로 무생을 바라보았다.

여인에게 있어서 무생은 구세주나 다름없었다. 병들어 하루하루 죽을 날만 기다렸는데 무생이 나타나자 상황은 완전히 바뀌었다. 눈앞에 있는 염마대제는 아무렇지도 않게 병든 자신들을 살펴보았고 병은 씻은 듯 물러갔다.

무생이 나누어준 영약을 먹은 여인들은 젊어졌을 뿐만 아니라 한층 더 아름다워진 모습을 뽐냈다. 본래 화려한 기녀들이었는데 정순한 무생의 기운이 더해지자 청순미마저 흘렀다.

그러나 무생은 그저 골골대는 여인들이 마음에 안 들어 약을 지어준 것에 지나지 않았다. 예전에 춘삼이나 건달들에게 해주었던 것들과 다를 바가 없었다.

"하나 며칠째 식사도 하시지 않고……."

무생이 고개를 젓자 여인은 물러갈 수밖에 없었다.

끼니를 때우기 위한 간단한 음식에는 흥미가 없었고 애초에 무생이야 먹을 필요가 없었으니 차라리 망치질을 하는 편이 더 나았다. 왜인지 무생이 일에 몰두할 때마다 숙연해지는 분위기가 존재했다.

염마대제가 끼니를 거르고 무인으로서는 하지 않는 작업들을 하니 정파인들이 받는 감동은 이루 말할 수 없었다.

'음, 이 정도면 되었겠지.'

무생의 작업 속도는 애초부터 상상을 초월할 정도로 빨랐고 용협맹의 무인들의 거의 무생의 수족을 자처해서 내력을 아끼지 않고 도움을 주니 합비의 가장 낙후된 곳이었던 기루 뒷거리는 아주 빠르게 새로운 곳으로 재탄생되기 시작했다.

"바닥에 드러누워라!"

"차별하지 마시오!"

시끄러운 소리가 들려오자 무생은 망치를 내려놓고 소리의 진원지를 바라보았다. 무림인들이 말리고 있음에도 행패를 부리고 있는 자들은 합비 각지에서 몰려온 거지들이었다. 개중에는 가난하고 병든 자들도 있었지만 대부분이 사지 멀쩡한 거지들이었다.

무생이 걸어오자 곽진이 한걸음에 달려와 무생의 앞에

섰다.

"무슨 일이오?"

"그게… 가난한 자들과 병자들이 오는 것은 어제오늘 일이
아닌데… 이번에는 합비에 있는 거지들이 전부 몰려온 것 같
습니다."

곽진이 그렇게 말하며 코를 부여잡았다. 거지들에게서 나
는 냄새는 도저히 감당할 수 있는 수준이 아니었다.

"아무래도 금호 상단, 아니 무금성에서 짐이 도착했다는
걸 들은 모양입니다."

금호에 무금성을 세워지고 금호 상단이 그 휘하에 들어갔
기에 금호 상단이라고 칭하기보다는 무금성이라 하는 편이
옳을 것이다.

화산의 상권을 점령하고 안휘까지 영향력을 펼치는 무금
성은 떠오르는 신흥 세력이었다.

염마대제라는 영웅이 든든한 배경으로 자리 잡고 있었기
에 그 누구도 무금성을 일개 상단으로 치부하는 자는 없었고
실제로도 금호에서 무금성을 본 자들은 그 위세에 짓눌려 결
코 무시할 수 없었다. 아직까지 무금성 위에 무생신교가 있음
을 아는 자는 극히 드물었다.

"보통 거지가 아닌 듯싶습니다."

무생은 고개를 끄덕이며 곽진이 가리킨 곳을 바라보았다.

곽진은 거지들의 소속을 알았기에 조심스러워질 수밖에 없었다.

"몇 푼 적선해 주시오!"

"저런 기녀들도 도와주는데 말이오!"

무생 역시 구걸하는 자들을 바라보다가 그들이 보통 거지와는 다르다는 것을 알아차렸다. 진짜 가난한 자들과 병든 자들도 섞여 있었지만 대부분이 내공을 지닌 자들이었다. 꼴을 보니 거지가 분명했지만 말이다.

바닥에 드러눕거나 지원 온 물품들을 빼앗으려고 하는 행태들도 보여주었다.

"재미있군."

무생은 빗자루를 들었다.

"사지가 멀쩡하고 건강한 자들이 거지 행세를 하다니."

멀쩡한 사람은 밥값은 해야 한다는 것이 광노의 지론이었고, 무생도 그 의견에 동의하곤 했다. 하물며 저토록 건강해 보이는 자들이 거지꼴로 구걸을 마다하지 않으니 무생의 관심을 끌 만했다.

무생의 선천지기가 빗자루를 타고 흘러가자 빗자루는 묘한 빛을 띄우기 시작했다.

퍼억!

"꾸에에엑!!"

"컥!"

무생의 빗자루가 거지들의 온몸을 후려쳤다. 몸을 비틀어 피하려 했지만 무생의 빗자루는 가히 극쾌라 부를 만했다.

"무, 무 대협?!"

"괴, 굉장한 타격술이다!"

무림인들이 놀라며 무생을 바라보았지만 일단 무생이 하는 것을 지켜보기로 했다. 염마대제로 이름 높은 무생이 허튼 일을 할 리 없으니 말이다.

"커헉! 어, 어찌 우리 같은 거지들을 핍박하시……."

퍼억!

"꾸엑!"

멀쩡하고 건강한 자들만 후려치니 그 숫자가 스물을 넘어 갔다. 그들은 모두 고통에 온몸을 비틀며 바닥을 헤엄치고 있었다.

합비를 둘러보던 남궁소연이 도착해 상황을 지켜보고 있다가 무생의 곁에 섰다.

"개방의 거지들이군요."

"개방?"

"거지들로 이루어진 문파예요. 구파일방의 일원이지요."

무생은 남궁소연의 말에 고개를 끄덕였다. 바닥에서 꿈틀 대던 거지가 일어나 무생을 노려보았다.

"우, 우리는 개방의 거지들이오! 개, 개방의 거지들을 이리 대할 수 있단 말이오?"

"사지가 멀쩡한 거지들이란 말이지?"

무생의 빗자루가 거지의 복부에 닿자 거지는 그대로 바닥을 뒹굴었다. 내공을 일으키려고 해봤지만 무생의 빗자루질을 결코 피할 수 없었다.

"멈추시오!"

거지 하나가 공중을 가르며 날아와 무생의 앞을 막아섰다. 다른 거지들과는 다르게 허리띠의 매듭이 있었다. 다섯 개의 매듭이 있으니 개방의 육결제자임을 알 수 있었다.

얼굴에 때가 가득 낀 중년의 거지는 합비의 개방 분타에 속한 삼타개(三打丐)였다. 빠르게 휘두르는 타구봉이 마치 세 개인 듯 보인다고 해서 그리 별호가 붙은 것 같기도 했으나 정확히 아는 자들은 없었다.

육결제자면 분타장 바로 밑이니 용협맹의 젊은 무인들이 함부로 할 수 있는 상대가 아니었다.

"그토록 명성이 높은 염마대제께서는 어찌 개방의 제자들을 핍박하는 것이오!"

"무생, 그냥 무생이다."

무생은 여전히 빗자루를 들고 있었다.

"크, 크흠! 천한 여인들마저 챙겨주는 염마대제께서 개방

의 거지들을 홀대하니 섭섭하구려!'

무생은 삼타개를 바라보았다. 사지가 멀쩡하고 상당히 건강해 거지가 아니더라도 먹고살 수 있어 보였다. 삼타개가 등장하자 개방의 거지들이 허리를 펴며 기세등등해졌다. 아무리 염마대제라고 해도 개방의 육결제자를 무시할 수 없을 것이라 생각했기 때문이다.

"역시 맞아야 정신 차리겠군."

"개, 개방과 척을 지려 하는 거요?"

무생은 빗자루가 천천히 움직였다. 나무로 된 빗자루임에도 바닥에 빗자루가 닿자 바닥이 갈라졌다. 삼타개와 거지들은 침을 꿀꺽 삼켰다.

"내가 아는 땡중은 사람을 사람답게 만드는 것을 좋아했지."

그 방식은 무생이 고개를 저을 정도로 어마어마했다. 일단 움직일 수 없을 정도까지 팬 다음 머릿속에 법문을 박아 넣었기 때문이다. 무생은 그 수법을 이해하지 못했지만 지금은 어느 정도 공감할 수는 있었다.

'개방이라… 땡중을 위해서라도 구제해 주는 것도 나쁘지 않겠지.'

나름 즐거운 기억을 만들어준 땡중이었으니 그 정도 보답은 해도 괜찮을 것이라 생각했다.

"자, 잠깐……!"

무생의 빗자루가 빠르게 움직였다. 잔상조차 남기지 않는 그야말로 극쾌의 진수였다.

퍼억!

"커헙!"

무생의 빗자루가 삼타개를 공중에 띄웠다. 삼타개가 신음 성을 흘리며 신법을 펼치려는 순간이었다.

퍼버버버벅!!

"꾸에에엑!"

무생의 빗자루가 춤을 추기 시작했다. 너무나 호쾌한 타격 음에 없던 홍도 저절로 생길 지경이었다. 무생이 펼친 수는 너무나 간단했다.

빨래에 낀 묵은 때를 깔끔하게 빼버리는 수법이었다. 무수 한 세월 동안 반복해 온 일이라 동작은 군더더기 없이 깔끔했 다. 어떤 더러운 천이든 일단 때리기만 하면 새것처럼 변해 버렸고 더 나아가 이제는 재질을 가리지 않았다.

"허억! 저리도 신묘한 타법이!"

"무엇이 허상인지 구별을 할 수 없구려!"

무생이 빗자루를 내려놓자 삼타개가 바닥에 떨어졌다. 전 신이 골고루 다져져 일어날 힘도 없어 보였다. 놀라운 점은 더럽던 삼타개의 모습이 너무나도 깔끔하게 변한 것이다. 무생의 선천지기가 더러움을 정화시켰고 신묘한 타법이 묵은 때들을 전부 날려 버렸기 때문이다.

게다가 은은하게 꽃향기가 났다.

'화산파 사람들이 펼친 것을 봐두길 잘했군. 빨래를 털 때 좋겠어.'

무생은 삼타개에서 퍼지는 은은한 향기를 맡으며 고개를 끄덕였다. 빨래에 은은한 꽃향기가 맺힌다면 그럭저럭 기분이 좋을 것 같아서였다.

"끄으으, 허억! 이, 이런 향기가! 아, 아악!"

삼타개는 자신의 몸에서 나는 향기에 적응하지 못하고 입에 거품을 물기 시작했다. 그러자 다른 거지들이 눈치를 보며 슬슬 뒤로 물러났다.

곽진이 무생을 바라보며 조심스럽게 입을 떼었다.

"괜찮으시겠습니까? 저들은 개방의 제자들입니다."

"그저 거지일 뿐이오."

거지끼리 제자가 어디 있고 스승이 어디에 있단 말인가. 무생은 개방을 그저 거지의 소굴이라 생각했다.

"그렇군!"

곽진은 그렇게 소리치며 갑자기 무생에게 포권지례를 하였다.

"개방에 몸담았으면 구걸에도 법도가 있음을 알아야 할

터! 그것을 지키지 않으니 보통 거지와 무슨 차이가 있겠는가!"

곽진의 말에 용협맹의 무인들뿐만 아니라 모든 무림인이 감탄하며 고개를 끄덕였다. 그러다가 스스로 부끄러워졌다. 개방의 이름만 듣고 상황을 지켜보고 있던 자신들이 너무나 한심해진 것이다.

곽진이 거지들을 내기를 일으키며 노려보다가 입을 떼었다.

"어찌 이리도 경우가 없단 말인가! 네놈들은 개방의 이름을 입에 담을 가치가 없다!"

"그렇소! 개방의 구걸에는 분명 법도가 있소. 진정으로 가난한 자들의 것을 탐하다니, 그대들이 개방의 거지라 할 수 있겠소?"

"어찌 구파일방의 이름을 입에 담아 사사로운 이익을 취하려 하는가!"

곽진이 나서서 외치자 모든 무림인들이 옹호하며 나섰고 발언을 하지 않는 무림인들도 고개를 끄덕였다.

구파일방의 이름은 결코 가벼운 것이 아니나 그것이 지닌 책임감과 의무는 대단했다. 모범을 보이지 않고 오히려 구파일방의 이름을 업고 사사로운 이익을 행한다면 비판해도 감수하는 것이 보통이었다.

"과연 염마대제의 혜안에 감탄을 하지 않을 수 없소!"

"구파일방을 따지지 않는 정의로움은 가히 영웅호걸의 모범이오!"

남궁소연은 감탄성을 터뜨리며 말하는 무림인들을 보며 질린다는 표정을 지었다. 이쯤 되면 무생추종회라고 해도 어색하지 않을 정도였다.

무생은 삼타개와 개방의 거지들을 바라보면서 잠시 생각에 빠졌다. 그러다가 빗자루에서 손을 떼며 입을 열었다.

"앞으로 살아가려면 밥값은 해야겠지."

무생은 개방의 거지들을 바라보며 그렇게 말하고는 고개를 끄덕였다. 남궁소연은 앞으로 일어날 일들을 대충 예상할 수 있었다. 건달들의 마음속에 협행이라는 두 글자를 새겨준 것처럼 저들도 아마 크게 달라질 것이다.

'저들은 경우가 없었으니 그러신 거겠지. 설마 오라버니께서 개방 전체를 그리하실까.'

남궁소연은 그렇게 생각하며 안심했다. 하지만 자신의 생각이 사실이었음을 안 것은 그리 오랜 시간이 걸리지 않았다.

第四章

합비의 변화

무생록

며칠이 지나 어떻게 알았는지 금호와 회원에서 무금성 소속 목수들이 한걸음에 달려오자 건물들은 거의 완성된 것이나 다름없게 되었다.

"빨리 빨리 움직여!"

"아, 알겠습니다!"

"사지가 멀쩡한 놈들이 밥이나 축내고 있었다니 쯧쯧쯧!"

장인들은 목욕 재개를 하고 말끔해진 개방의 거지들을 끌고 다니며 작업을 시켰다. 명문정파 무림인들 사이에서 그들이 반항할 수 있을 리 없었다.

합비의 개방 분타에서 무생에게 정식으로 항의할 것을 준비하고 있지만 매듭이 없는 거지들을 챙겨줄 만큼 좋은 상황은 아니었다.

게다가 무금성의 장인들은 보통 장인이 아니었다. 무금성의 장인들은 하나같이 건장한 체구에 마치 외공을 익힌 듯한 촘촘한 근육을 지니고 있었다. 조각 같은 근육이 꿈틀거렸고, 길고 흰 턱수염이 바람에 날리는 모습은 왠지 모를 위압감을 주었다.

콧대가 높은 명문정파 무림인들조차 함부로 할 수 없는 기세가 흐르고 있는 것이다.

"대단한 솜씨이오. 과연, 장인이라는 말이 어울리오."

"별것 아니오. 이 정도로는 무 사부께 누가 될까 걱정이오."

"무금성은 하늘에 닿은 듯한 아름다움이 있다 들었소. 꼭 한 번 가보고 싶구려."

무림인들의 말에 대수롭게 반응하지 않으면서도 장인들은 무생을 보면 깊게 고개를 숙여 인사했다.

완성된 건물 하나는 의원으로 쓰였다. 무생이 하는 일이 없어지자 여인들에게 의술을 조금씩 가르쳐주었고 여인들은 가난한 병자들을 치료해 주었다.

가장 성취가 뛰어난 여인은 다름 아닌 소하란이었다. 무생의 선천지기를 몸에 담은 그녀의 몸은 의술을 행하기 너무나 적합한 몸이 되었다. 그녀는 삶의 목적을 찾은 듯 여인들을 이끌며 병자들을 치료했다.

무생의 영향을 받아 작든 크든 대가를 받았다. 몸이 회복되면 일을 하게 해서라도 말이다. 무금성의 장인들은 병자들을 돌보는 곳에 염의소(炎醫所)라는 이름을 붙여 간판을 걸어놓았다.

"그럭저럭 괜찮군."

무생은 본래 다 쓰러져 가는 집들만 있었던 곳을 바라보았다. 허물고 나니 집터는 넓은 편이어서 그럭저럭 살 만한 곳을 만들 수 있었다.

물론 무생의 기준에서 살 만한 곳이었기 때문에 일반적인 관점에서 본다면 이루 말할 수 없을 정도로 훌륭한 집들이었다.

일단 하오문에서 빚을 청산해 주었고 악덕한 기루들은 정파무림인들에 의해서 철거되었다. 그 자리에 전혀 새로운 형태의 건물들이 들어서고 있었다.

그것은 합비에 부는 아주 큰 변화였다.

명문정파의 지원과 무금성 장인들의 솜씨가 합쳐지니 날이 갈수록 풍경이 달라졌다. 본래 낡은 집들이 있던 곳에는 제법 큰 건물이 올라가고 있었는데 무림인들은 서로의 의견을 모아 '정의천(正義天)'라고 이름을 붙였다.

정의천!

정의천이 갖는 의미는 컸다. 여러 소속의 백도무림인들이 손수 만든 곳이었고, 구파일방 역시 지원을 했으니 백도무림의 의협을 상징하는 곳과도 같은 것이다.

기루에서조차 버림받았던 여인들이 무생에게 배운 의술로 병든 자들은 도운 덕분에 무림인들은 물론 백성들에게 압도적인 지지를 얻고 있었다.

무금성에서 나서서 일자리나 지원을 해주니 가난한 백성들은 고마움을 넘어선 감동에 빠져버렸다. 은밀하게 무생신교에 대한 소문이 퍼지고 있었다.

정의천의 관리는 하오문과 용협맹에서 같이하기로 하였으나 실질적인 주인은 무생이라고 해도 무방했다. 무생은 정의천에 모인 무림인들에게 무한한 존경심을 얻고 있었다.

아직 전부 완공되지는 않았지만 정파인들이 건물을 보며 명상에 빠질 만큼 단아하면서 자연에 맞닿은 듯한 선을 자랑했다.

"나쁘지는 않았어."

그럭저럭 지루하지 않고 좋은 시간이었다고 생각한 무생이었다. 무생이 염의소 근처에 오자 소하란이 무생을 향해 극진한 예를 표하며 맞이했다. 그것은 다른 여인들 역시 마찬가지였다.

여인들은 꽃향기가 도는 깨끗한 옷을 입고 있었는데 무생이 전수한 솜씨였다. 여인들은 그동안 배움에 대한 열정을 불태우며 무생에게 무언가 늘 질문했다.

'이 정도면 답변이 되겠지.'

무생은 간단히 대답했지만 제법 시간이 잘 가는 것을 보고 서적 하나를 작성했다. 무생의 입장에서는 간단한 답변집(答辯集)이었지만 의생들이 본다면 손을 덜덜 떨 그런 수준의 비급이었다.

그런 어마어마한 내용과는 다르게 표지에는 한자로 질의응답(質疑應答)이라고 간단히 써져 있을 뿐이었다.

무생이 서적을 건네자 소하란이 그것을 받아들었다. 천천히 살펴보다가 보통 서적이 아님을 알아차리고 무생을 바라보았다.

"어, 어찌 저에게 이걸……."

"무료하던 차에 써보았소. 그리 나쁜 내용은 아닐 것이오."

무생의 대수롭지 않은 말에 소하란은 눈물을 보였다. 천한 기녀였던 자신에게 새로운 길을 열어주었을 뿐만 아니라 의술까지 전수해 주었으니 무생은 그녀에게 스승이었다.

"절 받으시지요."

"절? 됐소."

무생은 소하란과 여인들이 마음이 약하다고 생각했다. 남자들도 살아가기 힘든 세상인데 힘없는 여인들은 어떠할까.

무생은 고개를 설레 저으며 염의소를 벗어났다. 소하란과 여인들은 무생을 뒤를 보며 그 자리에서 구배지례를 올렸다. 지켜보던 무림인들이 엄숙하게까지 느껴지는 광경을 눈에 담고 조용히 고개를 끄덕일 뿐이었다.

모든 일이 알아서 돌아가니 무생은 딱히 할 일이 없었다. 자신이 무언가를 시작하려고 하면 주위에서 몰려들어 후딱 일을 처리해 버리니 말이다.

"오라버니!"

멀찍이 있던 남궁소연이 무생을 발견하자 단숨에 신법을 전개하여 무생 앞에 섰다. 남궁소연은 작은 단서라도 찾기 위해 합비를 매일같이 둘러보는 중이었다. 무림인들 사이에서는 냉혈면사로 알려져 있어 그녀를 막는 이는 없었다.

"소득은 있느냐?"

"아쉽지만 없었어요. 하오문주가 알아보았다고 하니 가보려고 하던 참이었어요."

"그렇군. 같이 가도록 하지."

남궁소연은 살짝 면사를 들며 무생을 바라보았다.

"오라버니께서는 바쁘시지 않나요?"

"무료하던 참이었다."

살짝 멍해진 남궁소연을 바라보다가 무생이 먼저 앞서가자 남궁소연이 뒤를 따랐다. 무생이 청월루 쪽으로 천천히 걸어가니 많은 거지들이 청월루 쪽에 몰려와 있음을 볼 수 있었다.

남궁소연은 풍겨오는 악취에 눈을 찡그렸다. 청월루 주변 길목을 거의 점거하다시피 누워 있어 오가는 자가 없음은 당연했다.

"아무래도 그때 그 삼타개의 거지들 같은데……."

남궁소연의 말이 사실이었다.

삼타개는 합비 개방 분타의 골칫거리 중 하나였다. 나쁜 인물은 아니었으나 고집이 강해서 원하는 바를 꼭 이룬다고 알려져 있었고 개방의 제자들뿐만 아니라 합비의 많은 거지들까지 이끌고 있었다. 삼타개가 직접 선별하고 뽑은 거지들이니 그의 심보와 다들 비슷했다.

"과연 저것이 개방의 뜻인지 궁금하군요. 제가 아는 개방은 저렇지 않은데 말이에요."

"거지가 무슨 뜻이 있겠느냐."

무생은 그렇게 말하며 청월루 쪽으로 걸어갔다. 무생이 등장하자 눈치를 보던 거지들이 슬금슬금 자리를 피했다.

"대, 대협! 오셨습니까? 그러지 않아도 문주께서 찾아 가시려던 참이었습니다."

"몸 불편한 사람을 오가게 할 수는 없지."

"역시 무 대협께서는 대인배이십니다!"

청월루주 밑에 있던 하오문도들은 축출되었고 새로운 하오문도들로 채워졌다. 하오문주가 직접 다른 지부에서 뽑아온 자들이니 실력은 없더라도 의리는 있는 자들이었다.

"그럼 안내해 드리겠습니다."

하오문도가 앞장서 안내했다. 청월루는 이제 막 다시 문을 열었는데 거의 텅 비다시피 했다. 간혹 무림인들만 자리를 지키고 있을 뿐이었다.

"삼타개의 거지들이 심보를 부리는 바람에 이렇습니다요. 그래도 개방인지라 쉽게 나설 수도 없고……."

"그렇군."

무생은 고개를 끄덕였다. 남궁소연이 밝은 미소로 장난을 치고 있는 기녀들을 바라보며 입을 떼었다.

"그래도 분위기는 밝네요."

"그런가?"

"예, 물론 기루라는 점은 변함없지만 말이에요."

청월루의 기녀들이 무생을 보며 몽롱한 표정을 짓자 남궁소연이 그렇게 말했다.

무생이 하오문주가 있는 방에 도착하자 하오문도들이 예를 갖추며 무생을 방 안으로 들여보냈다.

"오셨습니까?"

"건강해 보여서 다행이오."

하오문주는 상태는 많이 좋아져서 연공할 수 있을 정도가 되었다. 소하란이 매일같이 지극정성으로 치료한 덕분에 외상은 다 나았지만 흉터는 어쩔 수 없었다.

하오문주는 흉터들을 오히려 많은 교훈을 얻었다고 스스로 담담히 받아들였다.

"덕분에 괜찮아졌습니다."

하오문주의 얼굴은 흉터투성이였지만 미소만큼은 나빠 보이지 않았다. 탁월한 치료법 덕분에 화상 자국은 많이 지워져 그럭저럭 사람 몰골로 보이기는 했다.

"알아보았소?"

무생이 묻자 하오문주는 고개를 끄덕였다.

"합비에 있었던 것은 맞는 것 같습니다. 하지만 시기가 오래되었고 지금으로서는 자취를 찾을 수 없었습니다."

하오문주의 말에 남궁소연의 얼굴은 실망으로 물들었다.

"이 정도로 흔적을 찾지 못하는 것을 보면 분명 무언가가 숨겨져 있는 것입니다."

"설마 혈마인과 관련이 있을까요?"

남궁소연이 묻자 하오문주는 턱을 쓰다듬으며 신음을 내뱉었다. 남궁소연이 자신의 정체를 밝히지는 않았지만 하오문주는 그녀가 남궁소연임을 짐작하고 있었다.

"남궁세가를 몰락시킨 인물들 중에서 실종된 자들이 부지기수더군요. 게다가 그날 밤은 석연치 않은 구석들이 상당히 많았습니다. 무림맹의 행동도 그렇고요."

분위기가 심각하게 가라앉았다. 남궁세가가 몰락한 것에는 생각보다 큰 이유가 숨겨져 있는 것 같았다. 혈마존의 비급은 어찌 보면 표면적인 이유일 수도 있었다.

"사로잡은 자들이 진정한 혈마인인지 검사를 해봐야 알 것 같습니다만……."

하오문주는 차분히 말을 이었다. 검사를 하기 위해서 무당에서 의선이 오고 있는 중이었다.

"어쨌든 무소식이 희소식이라고 이 정도까지 흔적이 없으면 살아 있을 가능성도 큽니다. 적어도 무림맹에게 잡히지는 않았을 테니 말입니다."

"그랬으면 좋겠네요."

무생의 눈에 남궁소연의 손이 가늘게 떨리는 것이 보였다.

"살아 있다면 찾을 수 있으니 걱정하지 말거라."

"네, 오라버니."

무생은 남궁소연의 슬픈 얼굴을 보며 잠시 생각에 빠졌다.

일단 무림에 나온 이유는 천하삼절을 만나 죽기 위함이었고, 남궁소연의 집을 지어주기 위해서였다.

'무림맹과 그 강도 같은 자들을 처리해야겠군.'

무생에게는 아무런 위협이 되지 않는 시장잡배들이나 마찬가지였지만 아무래도 연약한 남궁소연은 다를 것이다. 하오문주는 잠시 깊은 생각을 하다가 무생을 보며 입을 떼었다.

"그동안 하오문이 혼란스러워 정보력에 많은 손실이 있었습니다. 개방이라면 확실한 정보가 있을지도 모르겠군요."

"거지들의 소굴 말이오?"

하오문주가 무생의 말에 고개를 끄덕였다.

"잘됐군. 마침 그쪽에 볼 일이 있었는데."

"그렇습니까? 개방과 연을 잇는다면 그만큼 든든한 일은 없을 것입니다."

하오문주는 고개를 끄덕이며 그렇게 말했다. 물론 그 연이라는 것이 좋은 인연인지 나쁜 인연인지는 짐작하지 못하고 있었다. 남궁소연만이 무생의 만족스러운 표정에 불안함을 느낄 뿐이었다.

하오문주는 남궁소연을 바라보다가 다시 입을 떼었다.

"아무래도 알 수 없는 위험이 도사리고 있는 것 같습니다. 괜찮으시겠습니까?"

"안 괜찮을 것이 뭐가 있겠소. 방해물은 치우면 그만이오."

무생의 말에 하오문주는 멍한 표정을 지었다가 웃으며 고개를 끄덕였다.

'무림맹이든 정체불명의 자들이든 신경 쓰지 않으시는군. 이 얼마나 대단한 사람이란 말인가.'

하오문주는 무생이 그런 말을 아무렇지도 않게 내뱉자 그를 따르길 잘했다는 생각이 들었다. 그리고 자신에게 무엇을 보여줄지 벌써부터 기대가 되었다. 누군가를 평생 따르고 싶다는 생각을 한 것은 이번이 처음이었다.

'무생신교인가. 과연 어디까지 갈 수 있을까!'

하오문주는 무생신교에 대해 알고 있었다. 금호와 회원에서 있었던 일을 알게 되자 놀라움에 물들었고 조만간 무생신교와 접촉하게 될지도 몰랐다.

긴 침묵에 하오문주는 헛기침을 하며 입을 떼었다.

"이제 어쩌실 생각이십니까?"

"남궁세가를 짓고 무림맹과의 일을 해결해야겠지."

"역시……!"

무생은 광노의 얼굴을 떠올려 보았다.

광노는 늘 말했다. 빚은 철저히 갚아야 한다고 말이다. 모용천의 일도 있고 하니 무림맹과의 일은 마무리 지어야 했다. 무림맹주가 천하삼절이니 언젠가는 만나야 했다.

할 일이 있다는 것은 언제나 즐거운 것이었다.

"네 집이 있던 곳이 황산이라 했나?"

남궁소연은 무생의 말에 고개를 끄덕였다. 합비랑은 그렇게 먼 곳에 있지 않으니 별다른 일이 없다면 황산에 가서 집을 지을 작정이었다.

방해꾼들이 모습을 드러내도 그때 가서 정리하면 되니 그다지 큰 부담은 아니었다. 천 명이 몰려오든 만 명이 몰려오든 무생에게는 그 어떤 위기도 줄 수 없을 것이다.

'만복금에게 연락하기 전에 거지들부터 처리해야겠군.'

무료하던 차에 잘되었다고 생각한 무생이었다.

第五章

거지들

무생은 하오문주에게 개방 분타가 있는 곳을 들은 무생은
시간을 지체할 것도 없이 청월루 밖으로 나왔다.

여전히 많은 거지들이 몰려와 시위하듯 청월루 앞에서 구
걸하거나 길가에 누워 있었다. 지나가던 사람들은 인상을 찡
그리며 피해갈 수밖에 없었다.

"개방 쪽에 들렀다 갈 테니 먼저 가거라."

"네?"

"일이 끝난 후에 알고 있는 것이 있나 확실히 물어볼 테니
걱정 말거라."

"오, 오라버니? 제가 걱정하는 것은……!"

무생은 남궁소연의 어깨를 쳐주고는 천천히 걸어갔다. 남궁소연이 걱정하는 것은 무생의 생각과도 같은 것이 아니었다. 자신의 동생에 대한 걱정과는 별개로 무생이 혹여나 개방과 안 좋은 일로 얽힐까 봐 걱정스러운 마음이 드는 것이다.

'오라버니께서 허튼 일을 한 적이 없으시니 괜한 걱정이겠지.'

남궁소연은 그렇게 생각하며 불안함을 겨우 납득시켰다.

'돌아오시기 전에 음식이라도 해놔야겠어.'

요즘 들어 연습에 매진하고 있는 요리를 무생에게 선보이는 것이 남궁소연의 즐거움 중 하나였다. 도처에 무생을 노리고 있는 불여우들이 많으니 확실히 자신의 모습을 각인시켜 줘야겠다고 생각한 그녀였다.

무생은 그런 남궁소연의 불안감처럼 개방이라는 거지 소굴을 청소하는 김에 정보를 덤으로 받으려 하고 있었다.

무생은 개방이 무림에서 어느 위치에 있는지 몰랐다. 그저 하오문주가 개방에 정보가 있다고 언급한 것을 들은 것이 전부였다. 그리고 개방에 대한 인상도 좋지 않았다.

특별한 이유 없이 사지가 멀쩡한 사람이 거지 행세를 하며 구걸을 빙자한 행패를 부린다는 것은 건달들이나 할 법한 일이라 생각한 무생이었다.

무생이 나타나자 거지들이 다시 그의 눈치를 보기 시작했다. 거리에 누워 있는 자들은 대개 매듭이 없는 개방의 제자들이나 합비에서 빈둥대던 거지들이었고, 거드름을 피우고 있는 자들은 매듭이 있는 개방의 제자들이었다. 그들은 삼타개의 심복이기도 했다.

무생이 다가가자 거지들은 흠칫 놀라며 무생을 바라보았다. 천하십제가 무척이나 두려웠지만 설마 정의롭기로 이름 높은 염마대제가 자신 같은 거지들을 해할 리 없다고 생각했다.

삼타개와 다른 거지들이 언어맞기는 했지만 오히려 더 건강해진 모습으로 나타났기 때문이기도 했다. 하나 무생은 개방이라는 곳이 구파일방의 일원이든 뭐든 그저 거지 소굴이라고 생각할 뿐이었다.

건달과도 같은 거지들 말이다.

"여, 염마대제께서 이 개방의 거지들에게 무슨 볼일이십니까?"

"혈색이 좋군. 기름진 것을 자주 먹나 보지?"

"얼마 전에 잔치가 열려서……."

무생은 거지를 바라보다가 살짝 주먹을 쥐었다. 거지의 눈이 커짐과 동시에 입에서 비명이 뿜어져 나왔다. 무생의 주먹이 거지의 복부에 박혀 들었기 때문이다.

"커헉!! 커흑!"

공중에 살짝 들린 거지에게 주먹이 연이어 꽂혀 들어갔다. 잔상을 그리며 뱀처럼 모든 혈을 가격하는 권법은 가히 절세의 권법이라 부를 만했다. 하지만 상대의 몸을 아작 내고 목숨을 끊는 권법과는 성질이 달랐다.

온몸에 낀 더러움을 날려 보내고 혈맥에 낀 탁기들을 소멸시켰다. 단전에 흘러가는 대신 피부에 스며들어 내공 증진의 효과는 전혀 없었지만, 무생의 순수한 선천지기가 스며든 덕분에 더러움이 쌓일 수 없는 체질이 되어버렸다.

무생은 과거에 만났던 땡중의 수법을 조금 섞어보았다.

땡중은 말했다.

"무아지경으로 때리는 주먹이야말로 상대를 참회에 이끄는 불경과도 같은 것이네. 그 무엇도 생각할 수 없을 정도로 맞게 되면 갓 태어난 아이와도 같은 상태가 되는 것이지. 그 후엔 무엇을 가르쳐도 아주 잘 받아들일 것이네."

그것이야말로 진정한 가르침이라 말하는 땡중은 상당히 정신이 나간 것으로 보이기는 했다. 하지만 주먹으로 상대를 후려칠 때면 어째서인지 그의 등에는 은은한 불광이 돌았고 손속이 거침이 없고 잔인했음에도 꽤나 자비로워 보이는 기이한 모습을 보여주곤 했다.

지금 와서 생각해 보면 그것 역시 구제의 한 종류일지 모른다고 무생은 생각했다.

천무권 참회복생타법(懺悔復生打法).

무생인 이 초식의 이름을 바로 정할 수 있었다. 어찌 보면 소림의 백보신권과 비슷하기는 했지만 분명한 것은 그것보다 훨씬 높은 경지에 있는 상승무공일 것이다.

털썩!

때가 모조리 벗겨진 거지가 바닥에 쓰러졌다. 아주 깔끔해졌을 뿐만 아니라 절간에서나 날 법한 은은한 향이 감돌았다. 다시는 구걸할 수 없는 체질이 되어버린 것이다. 그것은 거지 인생의 사형 선고나 다름없었다.

"염마대제께서 어찌 개방의 제자들을……."

퍼억!

"커헉!"

"사, 살려……!"

"아학!!"

무생의 주먹은 잔인하게까지 느껴질 정도였다.

타타탁!!

주먹이 휘몰아치고 타격음이 울려 퍼졌다. 처음에는 무언가 박살 나는 묵직한 소리였지만 연타가 거듭될수록 마치 목탁 소리와 같은 음색으로 변했다.

목탁 소리가 점점 청아해지고 황금빛 기운이 따스하게 휘몰아쳤다.

"아아……!"

"저런 무공이!"

주변에 있던 사람들은 무생의 주변에 은은히 맺히는 황금빛 기류를 보며 자애로움과 해방감을 느꼈다. 고단한 삶을 위로해 주는 따스한 기운이었다. 무림인들은 그 따스함 속에서 휘몰아치는 정화(淨化)의 기운을 느낄 수 있었다.

"염마대제가 소림과 연이 있었나! 아니, 저것은……."

"소림에서조차 없는 무학이로다!"

무공 수위가 높은 자들은 말릴 생각조차 하지 않고 감탄하기 급급했다. 지금 그들에게 있어서 얻어맞는 대상이 개방의 거지들이라는 것은 안중에서 없어진 지 오래였다. 상승무공이 눈앞에 있으니 오히려 좀 더 거지들이 몰려와 주길 바랄 뿐이었다.

"그, 그만! 컥!"

"자, 잘못했… 커억!"

뭐라 말하려 입을 뗄 때는 거지를 먼저 팼고 도망치려는 거지를 허공섭물의 수법으로 붙잡아 팼다. 무생은 청월루 주변의 그 어떤 거지도 놓치지 않고 빠르고 정성스럽게 온몸에 주먹을 새겨준 것이다.

퍼퍼퍽! 타앙!

절로 엄숙해지는 청아한 음색이었다.

모든 거지를 동일하게 두들겨 팼다. 공평하게까지 느껴져 절로 고개를 끄덕이게 할 정도였다.

"우, 우리를 죽일 셈이다!"

"사, 삼타개… 아니 취화선인께 연락해!"

그 광경에 매듭이 하나 있는 개방의 제자들은 덜덜 떨며 그렇게 외칠 뿐이었다.

털썩! 털썩!

순식간에 거리를 가득 메우던 거지들이 바닥에 쓰러져 온몸을 꿈틀거렸다. 하나 처음과 같은 역겨움은 느껴지지 않았다. 아주 깨끗하게 세탁(?)이 되어 뽀송뽀송하게 잘 마른 빨래를 보는 듯했다.

무생이 상쾌함마저 느낄 정도였다. 권태로움을 잠시 잊을 만큼 짜릿함이 있었다.

"이 맛에 그 땡중이 중독된 것이었군."

자신의 몸을 파괴하기 위해 익힌 무공이었지만 이러한 것을 가미하는 것도 나쁘지 않겠다고 생각한 무생이었다. 지루함을 덜 수만 있다면 이런 것도 나쁘지 않았다.

　잠시 멈춰 있던 무생이 다시 움직이기 시작했다. 매듭이 있는 개방의 제자들은 도망치려고 했으나 무생의 손아귀에서 결코 벗어날 수 없었다.

　무생이 주먹을 놀리는 데 한 치의 망설임도 존재하지 않았다. 차례를 기다리는 개방의 제자들은 죽을 맛이었다.

　"멈추시오!"

　공중에서 날아와 무생의 앞에 선 자가 있었다. 무생에게 빗자루로 얻어맞고 쫓겨난 삼타개였다. 삼타개는 많은 개방의 제자들을 이끌고 호기롭게 등장했지만 주변에 널려 있는 거지들을 보면서 식은땀을 흘렸다.

　퍽!!

　무생은 정면에 있던 거지를 가볍게 바닥에 처박은 다음 고개를 들어 삼타개를 바라보았다.

　"정말 개방과 척을 지기로 작정한 것이오?"

　잘못이 누구에게 먼저 있었는지는 중요하지 않았다. 이유야 어찌 되었든 구파일방의 제자로서 무생의 행위는 용납할 수 없는 것이었다.

　"거지들이 어떻게 생각하든 상관없다. 그저 치울 뿐이지."

　"그런 모욕적인 언사를……!"

　삼타개는 이미 돌아올 수 없는 강을 건넜다고 생각했다. 청월루 주변을 점거한 것은 삼타개의 자존심 때문이었다.

개방의 제자로서 무공에도 자신이 있었는데 반항조차 하지 못하고 얻어맞은 것이다.

청화루 주변을 점거한 것은 개방의 체면을 살리고자 농성한 것이었고 염마대제가 접촉해 오면 깔끔하게 은원을 정리하고 끝내기 위한 발판이기도 했다.

합비 개방 분타에는 개방의 방주보다 선배인 취화선인이 있기에 신흥고수인 염마대제라도 함부로 할 수 없다고 생각한 것이다.

하지만 그런 생각은 아주 깔끔하게 틀려 버렸다. 염마대제는 구파일방, 무림의 은원, 항렬을 전혀 신경 쓰지 않는 신흥 십제였다.

"마침 잘됐군."

"무, 무엇이 말이오?"

"거지 소굴을 찾아다닐 수고를 덜 수 있어서 말이지."

삼타개의 입술이 부들부들 떨었다. 십제에 속한 염마대제라도 너무나 경우가 없는 말이었기 때문이다. 주변에 있는 무림인들도 입을 떡하니 벌릴 정도였다.

무림 역사상 그 누구도 개방을 이렇게 무시한 자는 없었다. 무림에 대해 조금이라도 아는 자라면 개방이 얼마나 넓고 많은 문도들을 지녔으며 함부로 대할 곳이 아님을 잘 알고 있을 것이다. 애초부터 구파일방의 일원이니 무시한다는 것이 성립하지 않았다.

하지만 무생은 달랐다. 개방이 구파일방이든 뭐든 그저 거지 소굴로만 보일 뿐이었다.

삼타개는 주먹을 말아 쥐며 무생을 바라보았다. 삼타개는 합비에서 제법 이름 높은 고수였지만 천하십제와는 상대가 될 수 없음은 자명했다. 하나 이대로 물러날 수 없었다.

삼타개는 비천무영신법(飛天無影身法)을 전개해 무생에게 달려들었다. 하늘을 나는 듯한 움직임이었다. 잔상을 그릴 정도로 빨랐지만 대성을 이루지 못한 듯 보였다. 자질은 충분했으나 책임 없는 자유가 인재를 범재로 만들어버린 것이다.

쉬이익!

삼타개가 자랑하는 것은 백결신권(白結神拳)이었다. 힘으로 상대를 제압하는 권법이기보다는 현묘한 변화를 주 무기로 삼는 권법이었다. 동시에 세 번 치는 것 같은 모습은 바로 이 권법에서 나온 것이었다.

삼타개의 주먹이 무생에게 닿으려는 순간 삼타개가 몸을 멈칫했다. 어떤 무형지기가 자신의 몸을 잡아 당기는 것 같았기 때문이다. 그 결과 주먹이 무생에게 닿지 못했다.

무생은 그런 삼타개를 바라보다가 가볍게 주먹을 내질렀다.

"커억!!"

삼타개의 신형이 공중에 띄워졌다. 무생의 주먹이 삼타개를 향해 쏟아지듯 뿜어져 나갔다. 온몸의 때를 전부 벗겨 버리는 듯한 모습이었다.

삼타개가 너무나 허무하게 바닥에 쓰러졌다. 주위에 정적이 내려앉았다. 몰려왔던 개방의 제자들은 그제야 천하십제라는 거대한 벽을 실감한 것이었다.

그것은 도저히 넘을 수 없는 벽이었다.

무생은 삼타개를 바라보다가 개방의 제자들에게 시선을 옮겼다. 그러다가 고개를 돌려 담벼락 위를 바라보았다.

그곳에는 흰 수염을 길게 기른 노인이 호리병을 들고 있었다. 행색을 보아 거지임이 분명했지만 특이한 복장이었다. 누더기에 형형색색의 꽃들이 그려져 있었기 때문이다.

무생이 노인을 바라보자 노인은 호리병을 입에 대다 말고 무생과 눈을 맞추었다.

"한참 재미있어지려는데 더 하지 않을 게요?"

노인의 음성이 무생의 귀에 또렷이 들렸다.

"취화선인!"

"합비의 분타주로 있다는 그⋯⋯?"

주변의 무림인들이 취화선인이라 불리는 노인을 감탄한 눈으로 바라보았다. 합비에 분타주로 있다는 소문은 있었으나 그 실체를 본 자들은 아무도 없었다.

삼타개가 분타주 일을 대신했고 귀한 손님이 와도 모습을 드러내지 않았다. 천하십제를 논하기에는 이미 늙어 은퇴할 때가 되었다는 평가가 많은 취화선인이었다.

"늙은 거지로군."

"허허, 잘 보았소."

취화선인은 무생의 말에 웃으며 대답했다. 취화선인이 등장하자 개방의 제자들은 안도의 한숨을 내쉬었다.

"저 거지의 주먹질을 방해한 것이 당신이오?"

"그렇소. 아마 그대로 내질렀다면 팔 병신이 되었겠지."

"아마 그런 일은 없었을 것이오."

그렇다고 해도 고쳐주었을 터였다.

무생의 말에 취화선인은 고개를 끄덕였다. 주변의 무림인들은 침을 꿀꺽 삼키며 취화선인과 무생을 번갈아 바라보았다.

"노인장이 거지의 왕초요?"

"왕초는 따로 있소. 선배를 부려먹을 정도로 고약한 늙은이지. 나는 합비의 거지들을 책임지고 있소이다."

취화선인은 허공을 밟으며 내려와 바닥에 섰다. 취화선인은 바닥에 뻗어 있는 삼타개를 보며 혀를 찼다.

"쯧쯧, 의를 중요시하라 그렇게 말했건만 못된 심보만 늘

어가지고 화를 자초하다니."

취화선인은 삼타개를 바라보면서 감탄했다. 삼타개의 행색은 무척이나 깨끗해져 있었고 내부 역시 마찬가지였다. 당분간 근육통이 있기는 할 것이나 장기적으로 본다면 기연이라고 표현함이 옳았다.

이것은 벌모세수에 가까웠다.

취화선인은 눈앞에 있는 염마대제가 자신의 이해 범주를 넘어서는 자임을 처음부터 깨닫고 있었다.

"삼타개에게 훈계를 내려줘서 감사하오. 그 정도로 맞았으면 정신을 좀 차렸겠지. 여기서 이만 끝내는 것이 어떻겠소?"

"거지를 모두 뿌리 뽑을 작정이오만."

"그런다고 거지가 없어지지는 않소."

취화선인은 무생을 바라보며 그렇게 말했다. 무생도 어느 정도 공감해 고개를 끄덕였다.

"가진 것이 없다면 누구나 거지요. 보아하니 염제께서도 거지에 뜻이 있는 것 같소만."

무생은 가만히 취화선인을 바라보았다. 가진 것이 없는 자가 거지라면 자신도 거지에 속할지도 몰랐다. 아니, 달리 생각해 보면 모든 것을 가질 수 있으니 거지라 결코 불리지 않을 수도 있었다.

"그럴 듯하군."

무생이 고개를 끄덕이며 그렇게 말했다. 시답지 않은 소리가 가끔은 그럴듯하게 들릴 때도 있었다.

"부, 분타주님! 어째서 물러나려 하시는 것입니까?"

삼타개의 거지들 중 하나가 취화선인에게 외쳤다.

"어리석군! 개방의 거지는 스스로 가진 것을 버린 자들이다! 방금 전 삼타개와 다른 거지들은 스스로 개방의 법도를 무시했기에 개방의 거지가 아니었다. 개방의 거지가 아니니 개방에서 보호할 필요도 없지."

"하, 하지만……."

"자유로움을 감당하지 못한다면 머리 깎고 소림에나 들어가거라! 가르침에 감사는 못할망정 고집을 피우다니, 에잉, 쯧쯧. 개방의 앞날이 어둡구나."

취화선인의 호통에 개방의 거지들은 아무 말도 못하고 고개를 숙였다. 무생은 취화선인의 뒤에 있는 거지들의 모습이 눈에 거슬렸다. 풍겨오는 악취는 물론이고 일부러 오물을 뒤집어쓴 듯한 모습이었기 때문이다.

취화선인은 무생을 설득하기에는 이미 늦었음을 깨달았다. 무생은 어떠한 법도보다는 자신이 하고 싶은 것을 할 뿐이었고 지금은 거지를 세탁하는 것에 흥미를 느끼고 있으니 취화선인으로서는 막을 방도가 없었다.

"정 뜻이 그렇다면 나를 눕히고 가야 할 것이오."

"쉬운 일이군."

무생의 광오한 말에도 취화선인은 고개를 끄덕였다. 취화선인은 무생에게서 느껴지는 세월과 존재감에 자신이 감당할 수 없는 무인임을 마음속으로 깊게 인정했다.

'도대체 이러한 괴물이 어째서 무림에 나타난 건가. 천하십제? 웃기지도 않는군. 혈마인… 염마대제… 도대체 무림에 어떤 일이 일어나려는가. 내 경지가 낮아 천기를 읽지 못하니 답답할 뿐이로다.'

취화선인은 거지들에 대한 안위보다 앞으로의 무림이 걱정스러웠다. 취화선인은 결심을 굳히고는 무생을 바라보며 내력을 끌어 올렸다.

"그렇게 쉽게 당해주지는 않을 것이오."

"회원에서의 독제와 비슷하군."

"무공보다는 다른 것에 열중했기에 그보다는 좀 떨어질 것이오."

취화선인은 무공보다는 학문에 열중했다. 거지답지 않은 깊은 학식은 소림에서도 가끔 자문을 구하러 올 정도였다. 물론 무공 역시 회원에 있었을 당시의 독제보다는 손색이 있지만 결코 무시할 수 있는 수준이 아니었다.

혼원귀일신공(混元歸一神功)을 학문적으로 접근해 대성을 이루었기에 실제 내공 수위는 낮았지만 이해도 측면에서는 개방의 방주보다 뛰어났다.

"먼저 가겠소."

취화선인이 전신 내력을 모조리 끌어올리며 취팔선보(醉八仙步)를 밟으며 무생의 바로 앞까지 이동했다. 움직임은 예측하기 어려웠지만 무생의 감각을 속일 수는 없었다.

무생의 바로 앞에서 강룡십팔장(降龍十八掌)의 정수가 펼쳐졌다. 강기 수준의 장력이 무생의 전신을 부술 듯이 뿜어져나갔다.

콰앙!

무생의 몸에 장력이 적중했다. 지면이 일그러지고 사방에 먼지가 휘몰아쳐 거지들과 무림인들이 비틀거렸다.

"괜찮군."

무생의 몸에는 그 어떠한 타격도 없었으나 무생이 반보 정도 밀려났다. 그것은 내공의 수준이나 장력의 강력함 때문이 아니었다. 취화선인의 확고히 정립된 의지가 무심 상태인 무생의 몸을 조금 밀려나게 한 것이다.

"허허, 도대체 얼마나 많은 것을 품은 것이오?"

"품은 것은 없소."

"그렇다면 거지로군!"

취화선인의 자세가 빠르게 변했다. 취팔선보와 화려하게 어울려 펼쳐진 것은 파옥권(破玉拳)이었다. 과거 금강불괴를 깨뜨렸다는 전설을 가지고 있는 파옥권은 외공을 전문으로 파괴하는 권법으로 유명했다.

무생의 사혈을 향해 가차 없이 꽂혀 들어갔다.

콰아앙!

첫 번보다 더 강한 기류가 휘몰아쳤다. 화경을 넘어선 고수의 호신강기조차 단박에 파괴할 만한 위력이었지만 무생을 다시 반보 정도 밀려나게 하는 데 그쳤다.

전력으로 펼쳤기에 많은 내공이 사라진 취화선인은 거친 숨을 내쉬며 뒤로 물러났다.

무공은 독제와 비교해도 조금 뒤떨어질 정도이니 무생의 상대가 아니었다. 하지만 무생은 무공이 아닌 무언가를 느꼈다. 무생은 잔잔한 호수 같은 취화선인의 눈을 바라보다가 무생은 쥐었던 주먹을 폈다.

"노인장을 넘기에는 무공이란 것은 불공평해 보이오."

무생의 말에 취화선인은 그저 웃을 뿐이었다. 잠시 침묵이 자리 잡았을 때 끼어드는 누군가가 있었다.

"그렇다면 본인이 정해주면 어떻겠소?"

허공을 밟으며 날아와 무생과 취화선인의 중간 부근에 서는 노인이 있었다. 깨끗한 도포에 죽립을 쓰고 기묘한 향기가 나는 지팡이를 들고 있는 노인이었다.

"의선, 자네로군."

"의선?"

"무, 무당의 의선이다!"

취화선인의 말에 무림인들이 흥분하며 그렇게 말했다. 화타와 비견될지도 모른다는 무당의 자랑이자 천하제일의 의술을 지녔다는 의선이었다.

*　　　　*　　　　*

의선이 합비로 향했다는 사실은 무림인들이라면 다 아는 사실이었다. 돌아다니기를 좋아하는 의선이 합비로 향한 것은 역시 혈마인의 출현 때문이었다. 혈마인이 나타났다는 의미는 무림에 있어 충격적인 사실이었다. 혈마존이 다시 나타날 수도 있는 근거가 되기 때문이었다.

물론 과거에도 혈마인의 출현이 있기는 했다. 혈마존의 잔재를 찾은 사파 무림인들이 멋모르고 익혔다가 심마에 빠져 혈마인으로 탄생되었던 것이다. 하나 기껏해야 한둘이었고 그마저도 스스로 자멸했다.

하나 합비에 나타난 혈마인은 조금 다른 듯했다. 무엇보다 수가 많았고 의선이 듣기로는 평소에는 너무나 정상적인 사람이었다고 하니 말이다.

'음… 염마대제라는 신흥 고수가 혈마인들을 물리쳤다고

했던가.'

정의로운 고수가 십제에 든 것은 환영할 만한 일이었으나 공교롭게도 혈마인의 출현과 시기가 겹쳤다. 의선은 사람을 꿰뚫어보는 혜안을 가지고 있다고 자부하니 염마대제가 진정으로 의로운 자인지 알아볼 수 있을 거라 생각했다.

"합비는 오랜만이로군. 허허, 안 좋은 일로 오게 되어 유감이구나. 어찌 생각하느냐?"

"혈마인이 등장한 것은 분명 안 좋은 일이기는 하나 미리 발견되어 막은 것은 정말 다행입니다. 스승님."

"듣고 보니 그렇구나."

의선은 말년에 거둔 제자를 보며 흐뭇한 미소를 그렸다. 그러다가 수심이 얼굴에 내려앉았다. 제자는 아름답고 총명했다. 그리고 맑았다.

약관의 나이에 잔잔한 호수를 보는 듯한 부동심을 이루었고 가르침을 너무나도 빨리 흡수하였다. 가히 희대의 천재라고 보아도 무방할 것이다. 하지만 그 총명함에는 이유가 있었다.

'구음절맥!'

의선은 충분한 영약과 시간이 있다면 구음절맥을 고칠 수 있었다. 하지만 자신의 제자는 구음절맥 중에서도 특별했다. 구음절맥의 증상처럼 중요 혈맥에 음기가 쌓였을 뿐만 아니라 약한 혈맥을 타고나 그 음기가 전신에 퍼져 가는 중이었다.

의선의 제자를 보며 설희(雪姬)라 부르곤 했다. 스스로 못났다고 여기는 외모가 가장 아름다운 것임을 알라는 뜻에서였다.

무표정한 얼굴과 유난히 흰 피부 탓에 아름다운 미모를 지녔음에도 늘 면사를 쓰고 다녔다.

'가여운 것……'

한여름에도 입김이 나올 만큼 그녀의 몸은 차가웠다. 의선이 현묘한 침술로 그녀의 생을 연장하고는 있지만 점차 내성이 생기고 있으니 얼마 지나지 않아 얼어 죽을 운명이었다.

"혈마인의 진위 여부를 확인하고 바로 영생산으로 가도록 하자꾸나."

"그곳은… 금지된 성역이 아니옵니까?"

"고명한 선배들께서 이해해 주실 것이다."

의선은 영생산으로 가기로 마음을 굳혔다. 자신의 의술로서는 설희를 고칠 수 없었다. 의선이 영생산에 대해 들은 것은 최근이었다. 자격이 되지 않는 의선은 영생산에 발을 딛을 수 없었지만 그는 손녀 같은 제자를 위해서라면 그 어떤 고난도 감내할 수 있었다.

"전 괜찮습니다. 천명에 따르는 것도 의술에 몸담은 자로서 지켜야 할 법도이니 말입니다."

"희야, 나도 한때 의술은 순리를 따르는 것이라 생각했다.
하나 운명이 정해져 있다면 의술이 무슨 소용이겠느냐."

의선은 인자한 미소를 지으며 눈을 동그랗게 뜬 설희를 바
라보았다.

"의술이야말로 역천(逆天)이다."

"스, 스승님."

당황한 제자의 어깨 위에 조용히 손을 올린 의선은 고개를
천천히 끄덕이며 앞으로 걸어갔다. 의선이 청월루 근처에 다
다르자 무림인들 몇몇이 의선을 알아보고 빠르게 달려왔다.

"점창파의 사대제자 전백이 의선을 뵙습니다."

"점창에 인물이 많다더니 허언이 아니었군."

의선은 그렇게 말하며 인자한 미소를 띠웠다. 전백뿐만 아
니라 여러 젊은이의 기도가 뚜렷하고 하나같이 맑아 백도무
림의 미래는 밝은 듯했다.

"혈마인을 보기 앞서 염제를 만나봐야겠네. 그는 어디에
있는가?"

"그, 그게……."

전백은 잠시 머뭇거리다가 결심을 굳히고는 입을 떼었다.

"청월루 앞에서 개방의 문도들과 겨루고 있습니다."

"음? 어찌하여 염제가 개방과 겨룬단 말인가?"

"정의천에서 사소한 시비가 있었습니다만……."

"정의천? 음, 일단 가봐야겠군."

의선이 몸을 움직이기 시작하자 마치 바람이라도 된 것처럼 빠르게 사라졌다. 설희가 의선의 뒤를 따랐다.

의선이 청월루 근처에 도착해서 본 것은 염마대제가 삼타개를 공중에 띄워놓고 극쾌의 권법을 펼칠 때였다. 의선의 눈이 부릅떠졌다.

'소림의 권법? 아니, 저것은 오히려……!'

소림의 느낌이 풍기기는 했지만 그 근본은 오히려 무당과 닮아 있음을 의선이 꿰뚫어보았다. 마치 무당의 모든 것을 품은 듯한 현묘함이 있어 의선의 머릿속은 벼락을 맞은 것처럼 큰 충격을 받았다.

"저자가 염제이옵니까? 과연 천하십제라 불릴 만한 권법이로군요."

"아니, 그 이상이다."

"네?"

의선은 식은땀을 흘리며 주먹을 꽉 쥐었다. 꽉 쥔 주먹에서 역시 땀이 배어나왔다. 염제가 펼친 수법은 무당에서조차 실존된 일원(一元)을 넘어선 근본의 정화를 담고 있었다. 의선은 어떠한 미동도 하지 않고 염제를 바라볼 수밖에 없었다.

취화선인이 나서자 설희는 염제와의 호각을 예상했지만

의선은 달랐다. 의선의 혜안으로는 무생의 끝을 짐작조차 할 수 없었다.

취화선인의 절기를 아무런 대비 없이 몸으로 받아내자 의선은 신음성을 흘렸다. 설희는 상식을 뒤집는 말도 안 되는 광경에 부동심이 깨지고 말았다. 덕분에 억눌렸던 음기가 주변을 휘감아 서리가 내렸다.

"허허, 도대체 얼마나 많은 것을 품은 것이오?"

취화선인의 말이 들려왔다. 의선은 고개를 저었다. 염제는 그 어떤 것도 품고 있지 않았다.

그야말로 무심. 아니, 완벽한 무심이라고 표현하기엔 허무함이 감돌았다. 마치 모든 것을 가질 수 있는 자의 분위기였다.

"품은 것은 없소."

염제의 말이 들리자 의선은 정신을 차리며 말려야 할 필요성을 느꼈다. 취화선인은 결코 염제의 상대가 될 수 없었다. 잘못하면 백도무림의 큰 별 하나가 떨어지는 수가 있었다.

두 번째의 경악스러운 격돌이 이루어지고 염제가 주먹을 내리자 의선은 빠르게 그 둘의 사이에 섰다.

"그렇다면 본인이 정해주면 어떻겠소?"

의선이 염제를 바라보며 말하자 염제는 다행히 의선의 말에 고개를 끄덕였다. 염제의 눈빛에는 자그마한 흥미가 감돌왔다.

* * *

무생은 의선이라는 자를 바라보았다. 과거 땡중이라 불렸던 자와 비슷한 느낌을 지닌 노인이었다. 그것이 무생의 흥미를 자극했고 의선의 말을 듣게 만들었다.

"나는 동의하오."

취화선인이 고개를 끄덕이며 말하자 무생 역시 고개를 끄덕이며 입을 떼었다.

"좋소."

의선은 만족한 듯 미소를 그리며 몰려온 무림인들을 바라보았다.

"염마대제와 취화선인이 무공의 겨룸 대신 다른 것으로 우위를 가리자고 합의를 보았소. 그것은 이 늙은이가 주관할 것이고 여기 계신 백도무림인들께서 증인이 되어주시오."

"좋습니다!"

"평화로운 방법이 좋은 것이지요."

무림인 모두가 동조하자 의선은 고개를 끄덕이며 다시 무생과 취화선인 쪽으로 등을 돌렸다.

"자신 있는 종목이 있으시오?"

의선이 묻자 취화선인이 곰곰이 생각하다가 입을 떼었다.

"붓 그림이라면 자신 있소만."

"취화선인의 그림은 하늘에 닿아 있다 들었소. 염마대제께서는 어떠시오?"

취화선인의 붓글씨와 그림은 유명했다. 깊은 학식에서 나오는 수려한 그림에 아름다운 시가 더해지니 가히 하늘에 닿았다고 평가 받을 만했다.

누가 보더라도 취화선인의 압승이 예상되는 종목이었다. 하지만 무생은 고민할 것도 없이 입을 떼었다.

"어떤 것이든 상관없소."

의선이 살짝 놀라며 무생을 바라보았지만 무생은 정말로 어떤 것이든 상관없는 것으로 보였다. 그것이 허언이 아님을 의선은 단번에 깨달았다. 취화선인도 마찬가지였다.

"좋소. 그럼 붓 그림으로 합시다."

종목이 정해지자 주변의 무림인들이 웅성거렸다. 대개 벌어질 대결에 대한 흥미였고, 개중에는 무력 다툼이 아니라 평화롭게 일이 해결되는 것 같아 안도의 한숨을 내쉬는 자들도 있었다.

"본인이 이긴다면 염마대제께서는 깨끗이 물러나 주셨으면 하오."

"좋소."

무생이 고개를 끄덕이며 말했다. 무생은 취화선인을 바라보다가 멀찍이 서 있는 거지들에게 시선을 옮겼다. 취화선인과 의선, 그리고 무림인들은 무생의 요구 조건에 귀를 기울였다.

　과연 염마대제가 어떤 요구를 할지가 모두의 관심사였다.

　무생은 거지들에게 시선을 떼어 취화선인을 바라보며 입을 열었다.

　"내가 이긴다면 저들 모두 깔끔하게 씻어야 할 것이오. 꽃향기가 나도록 말이오. 노인장 본인 역시."

　"허억!"

　"크흠!"

　무생의 말에 거지들은 몸을 떨었고, 취화선인은 멍한 표정을 짓다가 웃음을 흘리며 고개를 끄덕였다. 무생의 요구 조건은 거지의 자존심(?)을 없애 버리는 것과 같았기에 취화선인은 절대 질 수 없다고 생각했다.

第六章

내기

무생록

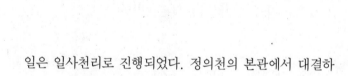

　일은 일사천리로 진행되었다. 정의천의 본관에서 대결하기로 합의되었다. 의선과 설희가 정의천의 건물을 본 순간 충격을 받은 것은 여담이었다.

　하오문 측에서 대결에 필요한 모든 것을 제공해 주었다. 그동안 저질렀던 잘못들을 씻고자 술과 음식을 무림인뿐만 아니라 지역 주민들에게 무료로 제공하였고 그 결과 많은 관중이 몰렸다.

　때문에 정의천 회관은 내기는 잔치와 비슷한 분위기가 되었다. 물론 염마대제와 취화선인의 자존심이 걸린 대결이 있기는 하지만 무력다툼이 없는 평화로운 분위기였다. 때문에 모두들 그 둘이 어떤 놀라운 경지를 보여줄지 기대하는 눈빛이었다.

무생은 나름 신선한 기분이었다. 자신과의 비무는 애초부터 성립이 되지 않는 것이었다. 하지만 이런 겨룸에서 질 가능성은 분명이 있었다. 그것임 무생을 흥미롭게 만들었다.

'내가 질 수가 있을까?'

긴 세월 동안 내기나 승부 같은 것은 오직 자기 자신과 스스로 겨루었던 것이 전부였고 그는 늘 승자였다. 물론 기루에서 독제와 승부 비슷한 것을 하기는 했지만 그것은 동등한 어떤 것을 가지고 기량을 겨룬 것은 아니었다.

'재미있군.'

이미 개방을 청소하는 것 따위는 잊을 정도로 무생은 취화선인과의 내기에 강한 흥미를 느끼는 중이었다.

무생이 있는 곳은 정의천의 중앙 회관이었다. 아직 외부 공사는 마무리되지 않았지만 내부는 금호 장인들이 모두 마무리했다.

정의천에는 많은 백도무림인들이 머물고 있었다. 후기지수들이 모인 용협맹, 그리고 뜻이 있는 무림인들이 문파를 초월하는 개념으로 모여 '정의동맹회'를 만들었다.

임시로 탄생했던 '합비정의회'가 전신이었다.

정의천에 모여 땀을 흘려 일하니 백도무림을 수호해야겠다는 의지가 하늘을 찔러서 정식으로 만들어진 것이었다.

정의동맹회는 신분을 가리지 않았고 정의로운 마음만 있다면 가입할 수 있다는 회칙을 가지고 있었다. 때문에 여인들도 정의천 소속의 의녀로 새롭게 태어나게 되었다.

아무튼 그런 정의맹의 본거지, 정의천의 중앙 회관은 애초부터 오가는 백도무림인들이 머물 수 있는 구조로 만들어 놓아 제법 넓었고 내기를 보러온 무림인들을 수용할 정도는 되었다.

이번 내기에 관심을 갖고 있는 것은 합비의 무림인뿐만 아니라 구파일방, 심지어 사파 연합에서도 주시하고 있었다.

무생은 생각보다 많은 사람들이 몰려와 살짝 의문이 생겼지만 그것뿐이었다. 그 어떤 긴장도 없이 마련된 의자에 앉아 있을 뿐이었다. 취화선인은 조용히 좌선해 정신을 집중하고 있었다.

그런 그들을 바라보며 오히려 긴장한 것은 의선이었다. 취화선인이야 내기를 떠나서 모든 것을 놓은 듯한 분위기를 풍겨 마음을 짐작할 수 있었지만, 무생을 보며 아무 것도 느낄 수 없는 의선이었다.

'참으로 두렵고 알 수 없는 자다.'

자신이 각고의 수련 끝에 터득한 혜안이 없었다면 그저 잘

생긴 고수로 보았을 것이 분명했다. 그래도 다행인 점은 혈마인을 막고 이곳에 정의천을 세운 장본인이니 무림의 평화를 깨뜨리진 않을 것이라 생각했다.

그러나 한쪽 마음에서는 불안감이 자라고 있었다. 알 수 없는 상대에 대한 경계이기도 했다.

"시작하지 않소?"

무생의 목소리가 들려오자 의선은 심호흡을 하며 고개를 끄덕였다.

의선이 모여 있는 무림인들을 보며 입을 떼었다.

"서로 간에 다툼 없이 이렇게 중재할 수 있게 되어 참으로 기쁘오. 여기 모이신 백도무림의 영웅호걸께 그 어떠한 사적 감정 없이 올바른 심사를 부탁드리는 바이오."

의선이 그렇게 말하자 무림인들 모두 포권지례를 했다. 회관에 들어온 자들은 나름 무림에서 이름을 날린 자들이었지만 의선에 비할 수는 없었다. 시시각각 변하는 합비의 세력판도를 주시하기 위해서 몰래 들어온 사파연합의 인물들도 함부로 대할 수 없는 자가 바로 의선이었다.

"그럼 시작하도록 하겠소!"

의선의 말이 들림과 동시에 취화선인은 붓을 들었다. 취화선인의 붓놀림은 일정하지 않았고 술에 취한 것처럼 비틀거렸지만 그려지는 모든 것은 너무나도 수려했다.

"과연 취화선인이군."

"마치 붓으로 무공을 펼치는 듯하다!"

취화선인의 붓놀림에서 묻어나오는 자유로움은 개방의 뜻을 담고 있었다. 일정하지 않았으나 절제되어 있고 비틀거렸으나 선 굵기의 강약이 놀랍도록 정교했다.

붓놀림에 불과했지만 그것은 하나의 무학과도 같이 보였고 무림인들은 신음성을 흘리며 고개를 끄덕였다. 하나의 가르침과도 같은 모습이었다.

"스승님, 염제는 어째서 움직이지 않는 것일까요? 포기한 걸까요?"

뒤로 물러나 있는 의선에 곁에 서서 설희가 물었다. 의선은 알 수 없는 표정을 지으며 설희를 바라보았다. 관심이라고 할 것까지는 아니었지만 설희의 눈에서 호기심을 읽을 수 있었다. 마음의 문을 닫고 마음마저 얼어붙은 아이가 호기심을 표하니 기쁘기는 했으나 그 상대가 염제라는 점에서 의선의 마음이 무거워졌다.

자신이 꿰뚫어 볼 수 없는 자는 극히 드물었다. 무림맹주조차 의선과의 독대는 피할 정도니 말이었다. 비록 십제에 들지 못하는 무공 실력을 가졌지만 무학이 아닌 의술로 이룩한 깨달음은 천하삼절이라도 무시할 수 없었다.

"일단 지켜보자꾸나."

의선이 그렇게 말하며 무생을 바라보았다. 무생은 천천히 차를 마실 뿐이었다. 마치 내기와는 상관없는 것처럼 여유롭고 느긋하게 찻잔을 들고 있었다.

무림인들은 염마대제가 취화선인의 기세에 밀려 내기를 포기했다고 생각했다. 그도 그럴 것이 취화선인이 내뿜는 분위기는 장내에 침묵을 가져다 줄 만큼 대단했다.

하지만 무생은 포기한 것이 결코 아니었다. 포기라는 의미 자체를 잊은 지도 꽤나 오래되었다. 무생은 무엇을 그릴지 생각하는 중이었다.

취화선인은 자신의 깨달음을 바탕으로 아름다운 자연경관을 자신의 품으로 재해석해 그려 내려가고 있었지만 무생은 그런 것을 그릴 마음이 전혀 없었다. 늘 보는 것이 하늘과 산, 강이었으니 의미가 있을 거라고는 생각하지 않았다.

'음......'

무생은 찻잔을 든 채로 고개를 들어 주위를 한 차례 둘러보았다. 천천히 고개를 돌리다가 의선의 옆에 있는 설희와 눈이 마주쳤다. 설희는 살짝 비틀거렸다가 당황하며 시선을 피했다.

'차갑군.'

무생이 느낀 것은 차가움이었다. 그것은 단순한 차가움이 아니라 만들어진 느낌이 가득한 차가움이었다. 무생은 설희를 바라보다가 시선을 돌렸다. 시선의 끝에서는 남궁소연이 조마조마한 표정으로 한쪽 구석에 숨어서 자신을 바라보고 있었다.

무생은 자신에 대한 걱정을 느낄 수 있었다. 그것은 무생이 느끼지 못했던 가족과도 같은 따듯함이었다. 무생은 그동안 남이 자신을 어떻게 생각하는지 신경조차 쓰지 않았지만 지금 처음으로 느낄 수 있었다.

'따듯함인가?'

무생의 입가에 자그마한 미소가 걸렸다. 걱정스러운 기색이 가득했던 남궁소연은 무생의 아름다운 미소를 보자 얼굴을 붉히며 그를 따라 미소지어 주었다.

탁!

무생이 찻잔을 내려놓았다. 그 소리가 울리자 취화선인의 붓이 잠시 멈칫했다. 그것은 다른 이들도 마찬가지였다. 시간이 꽤 지난 시점에서 무생이 붓을 들었다.

무생의 잔잔했던 기세가 변한 것은 바로 그때였다.

"허억!"

"크음."

무림인들이 신음성을 흘릴 만큼 무생의 존재감이 강렬하게 변했다. 무생이 붓을 놀리기 시작하자 모두 눈을 부릅뜨며 경악에 빠질 뿐이었다.

절정에 이르지 않은 무림인들은 기세에 짓눌려 고개를 들 수 없었지만 어느 정도 자신의 무학을 확립한 무림인들은 무생의 붓놀림에서 알 수 없는 두려움을 받았다.

살기가 없었지만 날카로움과 둔탁함, 무거움과 가벼움이 모두 공존하고 있었다. 과연 무생의 손에 붓이 아니라 다른 것이 들려 있다면 어떻게 되었을까?

'대단하다. 쌓아올린 세월을 도저히 짐작할 수조차 없구나!'

의선은 크게 놀라며 주먹을 꽉 쥐었다. 무생의 붓놀림이 무엇을 바탕으로 한 것인지 그 근본을 알게 되자 놀라움을 넘어선 경악, 그리고 두려움에 사로잡혀 버렸다.

무생의 붓놀림은 점점 과감해져 갔다. 그와 동시에 무생의 주위에는 변화가 있었다. 한파가 온 것처럼 싸늘해지더니 어느 순간에는 너무나도 포근한 느낌을 흘리기도 했다.

'따듯해.'

차가움이 느껴졌을 때는 마치 또 다른 자신과 마주친 것 같은 두려움을 느꼈지만, 지금은 단 한 번도 느껴보지 못했던 포근함과 따듯함이 온몸에 전해졌다. 그것은 감동이라고밖에 표현할 길이 없었다.

붓을 잡고 있는 무생이 신성하게까지 느껴졌다.

'오랜만이라 그런지 꽤나 할 만하군.'

무생은 오랜만에 그림을 그려보는 것에 꽤나 만족감을 느낄 뿐이었다. 어떤 깨달음이나 생각을 바탕으로 그리는 것이 아니라 무생은 그냥 느끼는 대로 붓을 놀렸다.

무생이 그린 것은 자연경관이 아니라 어떤 여인의 모습이었다. 여인의 모습이 점차 완성되어 가자 주변의 모든 무림인은 몸이 굳어버릴 수밖에 없었다.

그것은 마치 과거 무림을 뒤집어 놓았던 '춘몽'이라는 그림의 아름다움에 닿았기 때문이다. 그 그림은 고명한 무림인들 몇몇의 정기를 모두 고갈시켜 큰 내상을 입혔던 전력이 있는 그림이었다.

지금은 소림에서 봉인해 보관하고 있었고 일각에서는 소림의 중들이 깨달음, 그리고 자신과의 싸움을 위해 춘몽을 바라보며 심마와 대적한다는 말까지 나오고 있었다.

'이것은 다르구나!'

의선은 그렇게 생각하며 안심했다. 아직 다 그려지지는 않았지만 다행히도 사람을 유혹하는 느낌은 없었다. 오히려 깨끗한 눈을 보는 듯한 청아한 차가움과 마음을 평화롭게 해주는 포근함이 동시에 느껴져 두 눈이 저절로 감길 정도였다.

무생의 붓놀림은 느렸지만 그 느림 속에는 많은 것들이 담겨 있었다. 한 선을 긋는 것이 아니라 마치 과거의 시간을 강제로 당겨와 수십, 수백의 선을 그리는 듯한 그런 느낌이 들

정도였다.

무생이 눈동자를 그려 넣는 순간 취화선인이 붓을 내려놓았다. 무생은 취화선인이 붓을 내려놓고 얼마 지나지 않아 그역시 붓을 내려놓았다.

무거운 침묵이 자리 잡았다. 무림인들은 취화선인의 그림을 감탄의 눈으로 바라보다가 무생의 그림을 자세히 바라보는 순간 입을 벌리며 혼이 나간 표정을 지을 뿐이었다.

"그림이 아니다!"

"저럴 수가!"

여인의 모습이 담겨 있었다. 문인이라면 무시할 수 있는 주제였지만 이 자리에 있는 그 누구도 감히 이 그림을 무시할수 없었다.

너무나 아름다운 모습은 마치 눈이 내리는 모습을 보는 것같았다. 그 속에서 잠들고 싶은 포근함을 느꼈다. 정순한 기운이 흘러나와 보는 것만으로도 몸이 정화되는 느낌을 받는무림인들이었다.

"허, 허허허."

"…대단하군요."

허탈한 웃음을 흘리는 의선과 그림을 멍한 눈으로 바라보며 말을 흘리는 설희였다. 그것은 취화선인 역시 마찬가지였다. 시와 그림에 누구보다 자부심을 가지고 있었지만 무생의

그림을 보는 순간 자신이 자신만의 틀 안에 갇혀 있다는 것을
깨달았다.

'내가 너무 형식에만 매달려 있었구나.'

긴 숨을 흘리며 취화선인은 탄식했다. 자신의 그림은 완벽
하게 보였으나 과거를 답습해 온 것에 지나지 않았다. 자유로
움이 있었으나 만들어진 자유로움이었다.

취화선인은 아무런 표정 없는 무생을 바라보며 복잡한 마
음을 감출 수 없었다.

'어떤 모습을 하고 있든 마음이 거지이면 그것이 거지인
것이거늘……. 염마대제는 그걸 가르쳐 주고 싶었던 것인
가?'

취화선인이 생각하는 거지는 일반 백성들이 생각하는 그
런 거지가 아니었다.

개방의 거지는 가진 것이 없어 자유로움을 알게 된 자, 그
리고 그 자유로움 속에 책임감을 정의로서 갖는 그런 자들을
가르친다.

존재하되 군림하지 않는 개방보다 자유로운 집단은 없을
것이다.

취화선인이 두 눈을 감으며 찾아온 깨달음에 대한 사색에
빠져들었다.

얼마간의 시간이 지난 후, 의선은 가까스로 정신을 추스르

곤 무생과 취화선인을 바라보았다. 분위기를 볼 때 이미 승패는 정해진 것이나 다름없었다.

의선이 취화선인을 바라보았을 때 취화선인은 깨달음에 잠겨 눈을 감았다가 뜨는 와중이었다. 그가 풍기는 분위기로 보아 그는 한 차례 진일보하고 있음을 의선을 알아차릴 수 있었다.

그런 취화선인의 모습에 의선은 감탄하였다. 취화선인은 기다릴 것도 없다는 듯 입을 떼었다.

"아무래도 내기는 본인이······."

"좋군."

취화선인의 말을 끊은 것은 무생이었다. 무생은 취화선인의 그림을 바라보며 그렇게 말했다.

취화선인의 그림은 산과 나무의 자유로움을 표현하고 있었다. 무생은 고개를 끄덕였다. 자신이 가지지 못한 것을 그린 그림이었다. 자연을 그리라면 무생은 똑같이는 그릴 수 있으나 이런 고뇌와 생각을 담지는 못할 것이다.

그저 아름다울 뿐이라면 바라볼 가치도 없었겠지만 취화선인의 그림은 무생에게 어떤 생각을 전해주었다. 그것만으로도 가치는 충분했다.

"염마대제께서는 다른 뜻이 계신 모양이오?"

"내가 진 것 같소."

무생의 말에 무림인들이 술렁거렸다. 무림사, 아니 역사에 다시는 나오지 못할 그림을 그려놓고도 졌다고 말하는 모습이 이해가 되지 않았기 때문이다. 취화선인도 무생의 말에 의아하게 생각했다. 무생의 그림은 어떤 경지로 표현할 수 있는 수준이 아니었다.

우화등선한 신선조차 이 정도 솜씨를 뽐내지는 못할 것이다.

"나는 이런 그림을 그릴 수 없소."

무생의 말에 취화선인은 고개를 저었다.

"그것은 본인 역시 마찬가지이오. 내가 졌소."

취화선인이 그렇게 말하자 다시 무림인들이 술렁거렸다. 일이 이렇게 되니 누가 우위에 있다는 것을 말하기 어려워졌다. 스스로 패배를 인정한다는데 나서서 말할 수는 없었기 때문이다.

의선은 취화선인과 무생을 바라보며 입을 떼었다.

"그럼 서로 비긴 것으로 하는 것이 어떻소? 스스로 패배를 인정했기에 승자가 나오는 것은 말이 되지 않소."

의선은 무림인들을 등을 돌려 무림인들을 바라보았다.

"내기의 조건은 서로 한 발짝 물러나는 것으로 협의하도록 합시다. 어떻겠소?"

"음! 염마대제와 취화선인께서 동의하신다면 좋소!"

"좋은 결과로군!"

"오늘 개안하였소!"

무림인들이 납득하며 그렇게 외쳤다.

무림인들은 자신의 경지가 낮아 취화선인의 그림을 제대로 바라보지 못했다고 생각했다. 염마대제가 인정한 그림이니 분명 생각했던 것보다 훨씬 위대할 것이다.

게다가 어느 한쪽이 이기는 것보다 이렇게 끝나는 편이 모두에게 있어서 좋았다. 약간은 경직되어 있던 분위기가 풀어지고, 말썽을 부렸던 개방의 삼타개와 제자들이 굳은 표정을 풀며 주변 무림인들과 다시 융화되기 시작하자 취화선인은 고개를 끄덕였다.

'과연, 개방의 체면을 세워준 것인가? 뿐만 아니라 삼태개의 심보도 고쳐졌군.'

자신 때문에 일이 커지자 삼타개는 그제야 자신의 심보가 나빴음을 스스로 인정했다. 개방의 거지가 가져야 할 책임감을 지니게 해준 것이었다.

삼타개가 앞으로 나오며 무생과 취화선인, 그리고 의선에게 포권을 취한 다음 무림인들을 바라보았다.

"여기 계신 모든 백도무림의 동지께 모두 사죄드립니다. 개방의 제자임을 스스로 특권으로 생각하여 염마대제의 가난 구제 사업에 폐를 끼치고 정의동맹회의 정의 구현을 방해하였습니다. 이에 스스로 백 일간 은거하여 참회할 것입니다."

"음! 과연 개방의 제자로군."

"잘못을 인정하고 스스로 벌을 내리는 모습이 보기 좋소!"

삼타개의 말에 무림인들이 따듯한 눈빛으로 응원하며 나섰다. 삼태개는 감동받아 눈시울이 붉어졌다.

취화선인은 단단한 유대감으로 묶여진 백도무림인들을 보자 저절로 무생을 바라보게 되었다.

'염마대제, 당신의 행동으로 백도무림인들이 하나가 되는구려. 이해관계로 얽힌 무림맹이나 구파일방조차 이러진 못하거늘……. 과연 대단하구려.'

취화선인은 무생이 합비의 정의동맹회를 중심으로 구파일방의 제자, 그리고 다른 명문정파의 인원들을 같은 뜻으로 뭉치게 만든 것에 대해 크게 감동했다. 이것은 분명 향후 무림의 평화를 지키기 위한 강한 힘이 될 것이다.

'그것까지 생각해서 벌인 일인가?'

취화선인은 무생의 지혜에 감탄할 수밖에 없었다. 의선 역시 그 뜻을 깨닫고는 경계심을 허물고 인자한 미소를 그릴 수가 있었다.

"염마대제… 대단한 자로군요."

"그래, 대단하구나."

설희와 의선이 따듯해진 분위기에 감탄하며 그렇게 말했다.

'간만에 지루하지 않아서 좋군.'

물론 무생은 백도무림이든 혈마인이든 신경을 쓰지 않고 있었다. 그들이 어떻게 생각하든 무생이 알 바가 아니었으니 말이다.

그저 마음 가는 대로, 하고 싶은 대로 하는 것이 전부였고, 계획이란 것을 세운 적이 없었다. 계획이라는 것은 일을 처리하는 효율성을 높이기 위해서 짜는 것이기에 무생이 계획을 세울 리가 없었다.

"오라버니, 즐거워 보이셔요."

남궁소연이 무생의 곁에 서며 말했다. 무생은 고개를 돌려 남궁소연을 바라보았다.

"내가?"

"예, 평소와는 달라 보이기도 하고……."

무생은 자신이 조그마한 미소를 짓고 있는 것을 깨달았다. 그리고 남궁소연의 따뜻한 눈빛에 마음으로 전해지자 살짝 숨을 내쉬었다.

"알 수 없군."

"예?"

알 수 없는 것은 무생에게 있어 분명 좋은 것이었지만 머리를 복잡하게 하니 고개를 저을 뿐이었다.

　　　　*　　　　*　　　　*

　무생과 취화선인의 내기가 있고 난 이후 염마대제와 개방
의 문제가 해결됨은 물론이고 상당히 우호적으로 변했다. 당
시 참석했던 무림인들은 작든 크든 깨달음을 얻어 돌아갔고
이 일이 큰 반향을 불러일으켰다.

　무생의 그림은 정의천 중앙 회관에 보관되었고 그림을 보
고 깨달음을 얻었다는 소문이 퍼져 나가면서 많은 무림인들
이 정의천을 찾게 되었다. 아직은 합비까지밖에 소문이 퍼지
지 않았지만 곧 전 무림을 뒤흔들 것은 분명해 보였다.

　무림을 진동시키고 있는 염마대제의 행보에 또 다른 역사
가 써진 셈이었다.

　무생은 개방에게 알아볼 것이 있어 합비 개방 분타로 취화
선인을 찾아간 무생은 거지 소굴치고는 의외로 깔끔한 모습
에 의아해했다.

　원래는 보통 개방의 다른 분타와 비슷하게 더러웠지만 무
생이 합비 분타의 개방 제자들을 제법 많이 두들겨 놓아서 합
비의 거지들은 청결하다는 소문까지 나돌 정도였다. 무림인
들을 무생의 주먹을 맞고 청결해진 거지들을 개방의 흰 거지
라 불렀다.

　그들이 누운 바닥은 깨끗해졌고 더러움이 사라졌기에 개

방 분타는 물론이고 합비의 거리가 깨끗해졌다는 풍문이 있었다.

"여, 염마대제께서 어, 어쩐 일로……."

입구 부근에 대자로 누워 있던 개방의 이결 제자가 무생을 발견하자 벌떡 일어나며 말했다. 그 역시 무생의 주먹을 경험하여 무척이나 깔끔했는데 인물은 좋은 편이라 선비 같은 느낌이 흘렀다.

"역시 깔끔하니 보기 좋군."

"그, 그렇습니까? 하하."

이결 제자가 웃으며 고개를 빠르게 끄덕였다. 이결 제자가 분타 안으로 안내했다. 흰거지들은 무생을 보자마자 눈치를 살피더니 슬금슬금 자리를 피했다.

분타장의 방으로 들어가자 취화선인은 좌선한 채로 있다가 눈을 떴다. 무생이 올 것을 알고라도 있었는 듯 차가 놓여 있었다.

"오셨소?"

"바쁘오?"

취화선인의 말에 무생이 그렇게 말했다. 취화선인은 고개를 저으며 손으로 자신의 앞자리를 가리켰다. 분타장의 방치고는 초라했지만 더러운 느낌은 들지 않았다. 취화선인 또한 전보다는 어느 정도 깨끗해져서 거지보다는 신선 같은 분위기를 자아내고 있었다. 무생과의 내기로 깨달음을 얻어 거지의 관념을 초월한 취화선인이었다.

무생이 자리에 앉자 취화선인이 먼저 입을 떼었다.

"무엇을 알아보시러 오셨소?"

"남궁소연의 남동생."

"음······."

취화선인은 잠시 뜸을 드리다가 신음을 흘렸다.

"남궁세가의 아이는 역시 염마대제께서 보호하시고 계시는구려."

취화선인은 최근 들어온 정보로 그렇게 생각하기는 했으나 직접 진실을 알게 되자 심각해질 수밖에 없었다.

혈마존의 비급으로 인해 남궁세가가 몰락하고 무림공적이 되는 과정은 분명 의심스러웠지만 지금 현재 명백한 백도무림의 적이었다.

"어쩌실 생각이시오?"

"가족을 찾아주고 집을 지어줄 것이오."

취화선인은 두 눈을 감았다. 무생의 너무나 간단한 대답이 취화선인을 혼란스럽게 만들었다.

"많은 적들을 만들 것이오."

"상관없소."

여기서 염마대제를 돕게 된다면 그것은 염마대제를 지지

한다는 것을 뜻했다. 개방의 방향은 방주만이 지닌 권한이어서 취화선인에게는 결정 권한이 없었다.

"미안하지만 개방은 도울 수 없소."

"알겠소."

무생의 표정은 여전히 무표정이었다. 그 어떤 실망감도 찾을 수 없었다. 남궁소연을 데리고 오지 않은 것은 좋은 선택이었다고 생각했다.

무생이 일어나려 할 때였다.

[황산에서 그를 보았다는 거지가 있었소. 하나 허상과도 같이 빠르게 사라졌다는군. 오랫동안 굶어 헛것을 본 듯하지만 말이오.]

무생이 취화선인을 바라보자 취화선인은 담담한 표정을 유지하고 있었다.

[개방과는 상관없다는 것만 알아두시오. 개방이 아닌 본인의 일이니.]

[고맙소.]

무생은 취화선인의 전음에 대답하고는 그대로 분타 밖으로 나왔다.

第七章

정의동맹회와 혈마인

무생록

의선은 제자인 설희를 데리고 당분간 정의천에 머물기로
했다. 본격적으로 혈마인의 진위 여부를 확인하기 전에 만나
볼 사람들이 있었다. 바로 감금된 혈마인과 청월루주를 관리
하고 있는 점창의 고수 진천과 최근 정의동맹회 소속 의녀단
으로 재탄생한 여인들이었다.

정의천에 머물기로 한 의선은 우선 건물의 화려함에서 놀
랄 수밖에 없었다. 그리고 무엇보다 더욱 놀라운 것은 다른
점이었다. 시끄럽게 공사 중인 정의천의 다른 건물들 사이로
점창파의 진천이 체면을 벗어던지고 장인들과 같이 일을 하

고 있는 것이 의선의 눈에 보인 것이다.

'저들 스스로 검을 놓고 연장을 잡을지는 몰랐군. 한 꺼풀 벗은 것인가?'

진천은 백도무림인이라면 누구나 아는 고수였지만 지금은 그런 면모를 찾아볼 수 없었다. 자세히 보니 얼굴을 알고 있는 촉망받는 후기지수들이나 이름을 꽤나 날린 고수들도 웃통을 벗어던지고 작업에 여념이 없었다.

"무엇이 백도무림인들을 저렇게 만들었을까요?"

"아마 염마대제, 그자겠지."

의선은 그렇게 말하며 고개를 끄덕였다. 보통 백도무림인들은 체면과 명예를 중요시해 의를 행하면서도 모자람이 있었지만, 지금 겉치장을 내려놓으니 분명 한 걸음 더 상승지로에 가까워질 것이다.

의선이 나타나자 무림인들은 하던 일을 멈추고 예를 갖추었다. 하지만 금호 장인들은 의선을 힐끔 볼 뿐, 다시 하던 일에 열중했다. 그들을 멈출 수 있는 것은 그들이 사부라 부르며 따르는 무생밖에 없었다.

금호 장인들은 부수고 싶은 것을 부수고, 만들고 싶은 것을 만들 뿐이었다. 그것이 무생의 가르침(?)이기도 했다.

"의선을 뵙습니다. 점창파의 진천이라 합니다."

"반갑소. 혈마인을 살펴볼 참이오."

"기다리고 있었습니다. 염의녀들이 살펴보고 있으니 어서 가시지요."

"염의녀?"

의선이 염의녀라는 말에 의문을 표하자 진천이 고개를 끄덕이며 입을 떼었다.

"염마대제께서 가르치신 의녀들입니다. 출신은 기녀였으나 음, 실언했군요. 정의를 행하는 데 출신 성분 따위가 뭐가 중요합니까."

"음, 과연 점창의 올곧음을 볼 수 있는 발언이시오. 그나저나 염마대제가 의술을 가르쳤다라……. 참으로 궁금하오."

의선은 진정으로 그렇게 생각했다. 그가 판단하는 염마대제는 그 끝을 알 수 없는 사람이었으니 말이다. 잔잔한 호수와 같은 의선에 마음에 조그마한 호승심이 돋았다.

과연 자신이 평생을 바쳐 온 의술이 염마대제와 비교한다면 어떨까? 염마대제가 아무리 뛰어나도 자신과 견줄 수 없다고 마음 한구석으로 생각한 의선이었다.

"스승님?"

"음, 가자꾸나."

설희는 스승의 표정이 굳어지자 걱정되어 그를 바라보았다. 그러자 의선은 굳은 표정을 지우고 인자한 미소를 그린 다음 진천을 따라 이동하기 시작했다.

혈마인이 감금되어 있는 곳은 염의소였다. 가난한 환자들이 많이 몰려와 인산인해를 이루었고 지금 역시 그러했다. 의선과 설희는 환자들을 보고 살짝 놀라며 진천을 바라보았다.

"염의녀들이 치료해 주고 있습니다. 대가는 개인의 능력에 맞게 받고 있습니다."

"음……!"

의선에 눈에 염의녀들이 보였다. 기녀 출신인 그녀들은 하나같이 아름다웠다. 그러나 기녀가 가져야 할 탁기는 느껴지지 않았다. 하늘에서 내려온 선녀처럼 환자를 돌보는 여인이 보였다.

그녀는 염의녀들을 통솔하고 있는 소하란이었다. 의술이라란 결코 쉽게 배울 수 없는 것이고 하루아침에 대성할 수 없는 것이지만 그녀의 의술은 독특했다.

의선조차 알 수 없는 방법으로 점혈하고 침술 대신 약재를 써서 선천지기를 보양하는 방식이었다. 그것은 의선의 개념을 무너뜨릴 정도로 충격적인 장면이었다.

"저런 의술이 있었다니……!"

의선은 그 자리에 서서 소하란을 바라볼 수밖에 없었다. 그것은 설희 역시 마찬가지였다. 소하란이 펼치는 의술은 어찌 보면 벌모세수와 비슷한 것이었다. 하지만 방식이 달랐고 몇 번이고 펼칠 수 있을 만큼 부담이 적어 보였다.

'과연, 저런 식으로 한다면 환자의 부담이 적어지겠군. 하나 무엇보다 정순한 기운이 없다면 펼치지 못할 터. 염마대제가 특별한 내공심법을 가르친 것인가?'

의선의 마음 한구석에서 조그마한 심마가 눈을 뜨기 시작했다. 그것은 그가 생전 느껴보지 않았던 질투라는 감정이었다.

의선은 신음을 흘리며 소하란의 치료가 끝날 때까지 지켜보았다. 그것은 설희 역시 마찬가지였다.

"의선께서 오셨군요. 저는 염의장을 맡고 있는 소하란이라고 하옵니다."

"염의장의 의술에 이 늙은이가 개안을 하였소."

"과찬이십니다."

의선은 눈을 빛내며 소하란을 바라보았다.

"염마대제가 스승이오?"

"그저 몇 가지 가르침을 받았을 뿐입니다."

"음……!"

의선은 고개를 끄덕였다. 의선은 진천이 안내하자 혈마인이 있는 곳으로 이동하기 시작했다.

염의소의 지하에 마련된 곳에 혈마인이 감금되어 있었는데 의선은 그곳에 도달할 때까지 깊은 상념에서 벗어날 수가 없었다.

"이곳입니다."

진천의 말이 들려오자 의선은 상념에서 깨어나 주위를 둘러보았다. 지하에 마련된 감금소는 감히 탈출할 수 없도록 아주 정교하게 만들어져 있었다.

금호 장인들이 특별하게 신경 쓴 덕분이었다. 의선조차 감탄하며 고개를 끄덕일 정도였다.

의선은 죽은 듯이 누워 있는 혈마인들을 바라보았다. 겉보기에는 일반 사람들과 그 어떤 차이점도 없어 보였다.

"묘시를 주기로 발작이 일어나곤 합니다."

"어떻게 처방하였소?"

"심신을 안정시키고 핏빛 기운을 중화시키는 약재를 사용했습니다."

의선이 혈마인을 살펴보니 그 말에는 거짓이 없었다.

소하란은 무공을 배웠던 여인이고 머리가 무척 뛰어났다. 게다가 무생에게 치료를 받고 난 뒤 오감이 크게 상승하여 대단히 총명했다.

무생이 소하란에게 가르친 것은 결코 적지 않았다. 그녀가 평소에 궁금했던 것들과 무생이 불어넣어 준 기운을 사용하는 방법이었다.

물론 무생에 비하면 그 기운이 심히 미약하지만 소하란 정도만 되어도 혈마기를 중화시키는 약재를 만들 정도는 되었다. 약재는 약초의 배합보다는 소하란 그녀의 기운을 불어넣는 그 자체에 의미가 있었다.

'과연, 염의장의 의술 자체는 뛰어나지 않으나 방식 자체가 내 고정관념을 깨뜨리는 것이구나.'

얼마 전까지 의술을 접한 적이 없다는 소리를 들었을 때 의선은 깊게 신음할 수밖에 없었다. 계속해서 염마대제와 자신을 비교하는 상념이 머릿속을 뒤죽박죽으로 만들어놓았다.

의선은 상념을 지우고 묶여 있는 혈마인들을 바라보았다. 그리고 천천히 맥을 짚다가 눈을 부릅떴다.

의선의 안색이 어두워졌다.

'진정 혈마인이란 말인가!'

잠들어 있는 혈마기를 느낀 의선은 두 눈을 감고 조금 더 혈마인을 살펴보았다. 그리고 눈을 뜨는 품에서 침을 꺼내 빠르게 혈마인의 몸에 꽂았다.

구륵!

"저건?"

진천이 의선의 침술을 감탄하며 바라보다가 혈마인의 입에서 무언가 나오는 것을 보고 깜짝 놀라 외쳤다.

"고독?"

입에서 꾸물꾸물 기어 나오는 것은 고독(蠱毒)이었다. 일반적인 고독과는 달리 검붉은색을 지니고 있었고 입을 가득 메울 만큼 큰 크기였다.

의선이 빠르게 고독에게 침을 꽂는 순간 고독이 부르르 떨며 핏빛 연기를 토해냈다.

"혈마기로군."

너무나 탁한 기운이라 마시는 것만으로 내상을 입을 정도였다. 의선은 죽어버린 고독을 바라보다가 심각하게 굳은 표정의 진천과 약간 놀란 기색을 띄는 설희를 번갈아 바라보았다.

"혈마기를 담은 고독이라……. 이것은 처음 보는 형태이오. 만약 이 고독이 일반 사람을 혈마인으로 만드는 것이라면 이것은… 무림 역사상 큰 위기가 될 수도 있소."

진천은 고개를 끄덕일 수밖에 없었다. 이것은 큰 문제였다. 고독으로 혈마인을 만들고 조종할 수 있다면 무림맹이나 구파일방에 간자를 심어놓는 것도 손쉬울 것이다.

"어서 알려야겠소."

의선이 굳은 얼굴로 그렇게 말할 수밖에 없었다.

                    *   *   *

무림맹은 백도무림을 대표하는 만큼 본관의 크기는 굉장히 컸고 화려했다. 전 무림의 수호자를 자처하며 많은 무인들을 거느리고 있었는데 오대세가의 원로급들이 주요 직책을 맡고 있었고 백도무림의 많은 명문정파의 제자들이 무림맹에서 한 자리씩 차지하고 있었다.

구파일방이 힘을 보태주고 있어 명실상부한 무림의 최고 권력 기관이었고, 무림맹주가 된다는 것은 백도무림의 대표자가 된다는 말이었다.

때문에 무림맹주가 갖는 권위는 대단한 것이었다. 천하삼절에는 들어야 무림맹주의 자격을 갖게 되는 것이니 무공의 경지가 높음은 당연했다.

현 무림맹주는 천하제일가인 모용세가의 모용준이었다. 모용천의 소행 때문에 권위가 많이 실추되었기는 했지만 과감하게 모용천과의 관계를 끊은 덕분에 오히려 혈육보다 정의를 우선시한다는 찬사를 받기도 했다.

그런 모용준이 합비에서 날아온 전갈을 받았을 때는 의선이 합비에 도착하기 얼마 전이었다. 모용준은 전갈을 받자마자 자리를 박차며 일어날 수밖에 없었다.

"혈마인이라고?"

모용준은 그런 말을 내뱉으며 믿기 힘들다는 표정을 지었다.

"하오문에게 시킨 것은 실혼인을 만드는 것인데 어째서 하오문에서 혈마인이?"

모용준은 합비의 하오문을 지원하면서 무림맹에 반감을 가지고 있는 하오문주를 끌어내리고 청월루주를 은밀히 지원해 주었다. 하오문을 백도무림으로 인정해 주고 얼마 뒤 수순을 밟으며 하오문주가 될 참이었다.

지원해 주는 조건은 합비에서 지속적으로 실혼인을 만드는 것이었다. 실혼인을 제갈세가의 비술로 가공해 일류 수준의 살수들을 만들어왔는데 난데없이 혈마인이 나타난 것이었다.

모용준은 제갈세가의 비술이라는 대목에서 제갈미현의 얼굴이 떠올랐다.

'설마 그년이?'

하오문에 대한 지원과 살수를 키워내는 것은 제갈미현이 관리하고 있으니 혈마인이 하오문에 나타났다면 제갈미현과 분명 관계가 된 일일 것이다.

'의선이 그리로 향했다 했던가? 만약 혈마인이 사실이고 무림맹과 하오문이 관련되어 있다는 사실이 밝혀지게 되면······.'

모용준은 신음성을 흘렸다. 혈마인은 금기와도 같은 것이었다. 모용준이 아무리 천하삼절의 자리를 차지하고 있다고 하더라도 구파일방에서는 명예와 자질을 논하며 무림맹주의 자리에서 자신을 물러나게 할 수 있었다. 뿐만 아니라 무림공적으로 몰릴 수도 있었다.

모용준은 제갈미현의 웃는 모습을 떠올리자 살기가 뿜어져 나왔다. 이 모든 것이 제갈미현의 계획이라고 판단되었다. 어디서 혈마인을 만드는 수법을 익혔는지는 모르겠지만 자신을 순종적으로 따르는 척하며 뒤통수를 칠 준비를 해놓은 것이 분명했다.

"네 이년을 그냥!!"

모용준에게서 내력이 폭발하듯 뿜어져 나왔다. 유형의 기운이 되어 방의 문을 날려 버리고 탁자와 가구들이 부서졌다. 제갈미현은 늘 그렇듯 침상에 다소곳하게 앉아 있었다.

"오셨습니까?"

제갈미현이 요사스러운 미소를 그리자 모용준의 살기가 한층 더 짙어졌다. 제갈미현은 얼굴이 하얗게 질렸지만 결코 웃음을 지우지 않았다.

"감히 네가 나를 파멸시키려 함정을 파놓은 게냐. 널 거두어준 나를?"

"거두어준 것이 아니라 동물처럼 기르려 한 것이겠지요."

"오냐, 넌 내 소유물이다. 그런 주제에 날 배신하려 들다니! 너는 물론이고 제갈세가를 가만두지 않겠다. 그 모든 것을 네년과 네년의 가문에게 뒤집어씌울 수밖에."

모용준의 신형이 잔상을 그리며 사라졌다. 어느 순간 제갈미현의 앞에 당도해 거친 손으로 제갈미현의 목을 움켜쥐고 있었다. 완벽한 이형환위였다.

제갈미현의 가녀린 목은 모용준이 힘을 준다면 금방 부러질 것이다. 모용준은 제갈미현이 고통에서 스스로의 어리석음을 한탄하며 죽어가길 바랐다.

조금씩 힘을 주었다. 이제 괴로운 표정을 지으며 목숨을 구걸할 것이라 믿어 의심치 않았다.

"힘이 들어가십니까?"

모용준은 분명 힘을 주고 있다고 생각했다. 하지만 아무리 힘을 주어도 제갈미현의 표정에는 변화가 없었다. 모용준은 전신 내력을 끌어올리며 팔에 힘을 주었지만 애꿎은 팔만 심하게 떨릴 뿐이었다.

"무슨 짓을 한 것이냐!! 어째서 힘이 들어가지 않는 거지?"

"기르는 동물이 주인을 무는 것은 허락되지 않으니까요."

"뭐랏?!"

모용준은 제갈미현이 빙긋 웃으며 말하자 모욕감에 분노해 몸을 떨었다. 제갈미현이 가볍게 모용준의 팔에 손을 얹자 모용준의 팔이 손쉽게 물러났다.

"완벽히 뇌 속까지 침투해 자랐군요."

제갈미현의 말에 모용준의 눈이 커졌다. 모용준은 몸을 자유롭게 움직일 수 있었으나 제갈미현을 향해 그 어떤 무공도 펼칠 수 없었다. 마치 본능이 그것을 거부하듯 몸이 모용준의 생각을 거절했다.

"나, 나에게 무슨 짓을 한 것이냐! 독인가?"

현경을 이루어 만독불침까지는 아니지만 내공의 중후함으로 그 어떤 독이든 몰아낼 수 있다고 자신했던 모용준이었다. 그런 자신이 느끼지도 못하고 독에 중독되었단 말인가?

제갈미현은 아름다운 미소를 지으며 고개를 저었다.

"그것은 아름다운 핏빛 벌레지요."

"벌레라면… 고독?! 나에게 고독 따위가 통할 것 같……."

탁!

제갈미현 손가락을 튕기자 모용준의 말이 멈추었다.

"크, 크아아아악!!"

모용준은 몸을 웅크리며 비명을 질렀다. 전신의 모든 혈도가 찢어지는 고통이 느껴졌고 중후한 자신의 내공이 급속도로 소모되는 것을 느꼈다. 모용준의 눈에 들어온 것은 핏빛으로 불타는 자신의 몸이었다.

그것은 혈마기를 넘어선 혈마강기였다.

"혈… 마인……?"

혈마인이 되어버린 것이다.

제갈미현이 다시 손을 튕기자 내공을 소모하며 뿜어지던 혈마강기가 사라지며 모용준이 바닥에 무릎을 꿇었다. 계속 혈마강기를 시전했다면 선천지기까지 모조리 써버려 스스로 파멸했을 것이다.

제갈미현은 망연자실한 표정으로 무릎을 꿇고 있는 모용준에게 다가가 그의 얼굴을 쓰다듬었다.

"내가 기르는 개가 된 느낌은 어떤가요? 무림맹주님?"

"네… 네년!!"

"걱정 마세요. 쓸모없어지면 사지를 찢어 개먹이로 줄 테니까."

제갈미현은 평소와 다름없는 미소를 모용준에게 보냈다. 모용준은 제갈미현의 미소를 다시 보는 순간 아무런 생각도 할 수 없게 되었다.

"이제 돌이킬 수 없어."

제갈미현의 얼굴에서 웃음이 사라졌다. 모용준을 바라보는 시선은 너무나 차가웠다. 마치 금방이라도 죽여 버릴 것처럼.

*　　　*　　　*

혈마인이 사실로 드러나자 구파일방을 포함한 백도무림은 충격에 휩싸였다. 혈마존의 흔적은 아직까지 남아 있어 무림의 공포로 군림했기 때문이다.

혈마존의 출신 성분 자체가 마교라는 설이 있으니 의선은 무림맹에 연락함과 동시에 마교와의 회담을 통해 진실을 확인해야 된다고 주장했다.

의선은 무림에 대한 걱정과 제자에 대한 안쓰러움에 좀처럼 잠을 이루지 못하고 좌선을 하고 있었다.

설희에게 남은 시간이 얼마나 남았는지 모르지만 분명 긴 시간은 아닐 것이다. 말년에 거둔 제자가 안쓰러워 의선은 영생산으로 향할 것을 다짐했었지만 혈마인이 등장한 덕분에 자리를 비울 수 없었다.

이것이 진정한 혈마인인지 정확히 감별할 수 있는 것은 의선뿐이었다. 혈마존이 무림을 피바다로 만들었던 것은 의선의 스승 세대였다. 당시 의선은 스승에게 모든 것을 전수받았다.

'염마대제라는 자가 살펴봐 준다면……'

의선은 그렇게 생각하다가 고개를 가로저었다. 염마대제의 심성이 악해 보이지는 않았지만 모든 것이 불분명한 자였다. 의선이 염마대제를 볼 때면 가슴속 깊은 곳에서 알 수 없는 불안함과 섬뜩함을 느꼈다.

필히 경계해야 할 자이다.

염마대제가 백도무림의 영웅으로 떠오르고 있지만 의선은 염마대제에 대한 평가를 신중히 해야 한다고 생각했다. 염마대제가 자신의 제자를 고칠 수 있다면 부탁하는 것이 옳았지만 지금 시점에서는 신중해야만 했다.

은원은 수행을 하는 자에게 있어서 벗어날 수 없는 족쇄와 같았기 때문이다.

"음……."

의선은 설희의 방으로 가 추위로 덜덜 떨며 자고 있는 설희에게 침을 살짝 밀어 넣어 편히 잘 수 있도록 해주었다. 동이 트기 전에 다시 음기가 차오를 테지만 적어도 몇 시진은 편히 잘 수 있을 것이다.

"딱한 것."

의선은 깊은 숨을 내쉬고는 창밖을 바라보았다.

"음?"

움직이는 인형이 보였다. 빠른 움직임이었지만 의선의 눈을 피할 수는 없었다. 인형이 향하는 곳은 정의천의 본관이었다.

아직 정식으로 무림맹에 인정을 받은 것은 아니었지만 정의동맹회는 많은 백도무림인들이 참여한 만큼 정식적인 회로서 인정받게 될 것이 분명했다.

무림맹처럼 백도무림의 대표로서 권력을 행사할 수 있는 것은 아닐 테지만 백도무림을 더욱 정의롭게 한다는 상징적인 의미만으로도 큰 힘을 발휘할 수 있을 것이다.

회주로 역시 염마대제가 거론되고 있는 와중이었다.

'저곳은 염마대제가 머물고 있는 곳이군. 음, 설마 자객인가?'

의선은 재빠르게 몸을 날렸다. 이 시점에서 수상한 자가 나타난 것은 결코 좌시할 수 없는 것이었다. 의선의 무공이 십제에 못 미친다고는 하나 그 역시 무당의 절기를 전수받은 무당의 도인이었다.

절묘한 신법은 소리 없이 수상한 자의 뒤를 점할 수 있었다.

"어디를 그리 가시오?"

"헛……!"

의선이 수상한 자를 자세히 보니 얼굴에 면사를 쓴 여인이었다. 그의 기억이 맞다면 냉혈면사로 알려진 여인이 분명할 것이다.

취화선인과 염마대제의 내기가 있었을 당시 얼핏 지나가는 것을 보았지만 얼굴은 확인할 수 없었다. 그녀가 빠르게 기척을 지우며 사라졌기 때문이다.

의선이 경계를 거두려는 순간 의선의 눈에 냉혈면사의 얼굴이 눈에 들어왔다. 의선 같은 고수는 능히 면사를 꿰뚫어볼 수 있었고 혜안을 지녔다고 알려진 의선이었으니 면사 따위는 아무런 장애가 되지 못했다.

"남궁소연……!"

의선은 남궁소연의 얼굴을 단박에 알아볼 수 있었다. 남궁세가가 몰락한 뒤 모든 증거와 흔적들이 사라져 확인할 길이 없었지만, 분명 혈마존의 비급과 관련되었다고 하여 무림공적으로 지정된 것이었다. 의선은 지금까지 어째서 남궁세가를 떠올리지 못했나 하며 스스로를 자책했다.

"과연, 남궁세가의 아해야. 네가 꾸민 일이었나? 남궁세가의 복수를 위해서?"

"의선께서는 제가 어떤 말을 한다고 해도 믿어주시지 않겠지요."

"진실을 말한다면……."

남궁소연은 고개를 저으며 대답 대신 청룡검을 빼어 들었다. 달빛을 받아 아름답게 빛나는 청룡검을 보는 순간 의선의 눈이 크게 떠졌다.

'천하의 명검이로군! 어디서 저런 보검을 얻었는가. 음…….'

남궁소연이 혈마인과 관련이 있을 거라는 생각에 그녀의 모든 것이 수상하게 보이는 의선이었다. 게다가 남궁소연이 냉혈면사라면 염마대제의 수하이기도 하니 어찌 되었든 염마대제는 혈마인과 관련이 되어 있다는 것이었다.

빠르게 몰락한 남궁세가, 묻힌 흔적들, 혈마존의 비급 그리고 혈마인. 모든 것은 남궁소연을 제압해 물어보면 될 터였다.

'오라버니께 폐가 될 수는 없어.'

입술을 깨물며 남궁소연은 그렇게 생각했다. 자신이 경솔하여 의선에게 정체를 들킨 것은 참담한 현실이었다. 무당의 의선이 쉽게 넘어갈 리 없었다.

'차라리 자결을 한다면……!'

자신이 자결을 하고 무생이 자신을 외면한다면 큰 피해는 가지 않을 것이라 생각한 남궁소연이었다.

남궁소연이 검을 들어 올리는 순간 의선은 남궁소연을 제압하기 위해 칠성권을 펼치려 했다. 하나 의선의 눈이 부릅떠질 수밖에 없었다. 남궁소연이 청룡검을 자신에 목에 가져다 된 것이다.

"무슨……!"

청룡검의 날카로운 예기가 남궁소연의 하얀 살결에 흠집을 내었다. 피가 청룡검을 따라 흘러나왔다. 조금 만 더 힘을 준다면 자신의 목숨은 쉽게 끊어질 것이다.

남궁소연은 무생의 얼굴을 떠올리고는 평안한 미소를 지었다. 당황한 의선이 빠르게 손을 뻗어 청룡검의 검날을 잡았다. 내력을 두른 손이었지만 청룡검의 날카로움을 모두 막아주지는 못했다.

"도대체 무엇 때문에 목숨을 끊으려 하는가!"

남궁소연은 대답하지 않고 내력을 끌어올리며 힘을 더욱 줄 뿐이었다. 청룡검이 워낙 날카로워 조금만 더 있으면 의선이 검날을 놓칠 판국일 때였다.

탕! 쨍그랑!

청룡검의 검날이 그대로 박살 났다. 의선과 남궁소연은 조각나 떨어지는 검의 파편을 멍하니 바라보았다. 천하제일의 명검이라 불려도 손색이 없는 검이 너무나 허무하게 박살 나는 광경은 충격 그 자체였다.

푸른빛을 뿌리며 떨어져 내리는 파편은 굉장히 아름다웠다.

"무슨 짓이지?"

정적을 가르고 들려오는 음색은 너무나 차가워 주위를 얼려버릴 것 같았다. 의선은 그 목소리에 온몸에 전율이 일 정도로 두려움을 느꼈다.

第八章

화가 난 이유

무생록

무생은 달을 보며 앞으로의 일들을 생각하고 있었다. 천하삼절이라는 무림인이 자신을 죽일 수 있을 거라는 희망은 아직 갖고 있기는 했으나 무림인들과 만나보니 큰 기대는 되지 않았다.

천하삼절의 아래로 평가받는 천하십제의 독제조차 자신에게 흠집 하나 낼 수 없었으니 말이다.

'그래도 뭔가 가지고 있긴 하겠지.'

수많은 세월이 지나고 겨우 찾아온 희망이었다. 그것이 거짓이라고 믿고 싶지는 않았다. 현실을 외면하고 있는 것인지도 몰랐다.

'남궁소연⋯⋯.'

단지 작은 인연일 뿐이었다. 무생은 그렇게 생각하며 남궁
소연을 떠올려 보았다. 그저 인연으로 치부하기에는 많은 생
각을 하게 해주는 존재였다. 어차피 늘 그렇듯 스쳐 가는 생
명이었지만 말이다.

'이번에 내가 죽게 되면 의미가 있을까?

무생이 그렇게 생각할 때 남궁소연의 기척이 느껴졌다. 그
리고 다른 기척이 느껴지는 순간 무생의 몸이 빠르게 사라졌
다. 마치 번개와도 같은 빠르기였다.

순식간에 남궁소연의 근처까지 접근한 무생의 눈에 들어
온 것은 자신의 목을 그으려는 남궁소연과 의선이었다. 무생
은 남궁소연의 목에서 피가 흐르는 것을 본 순간 내력을 폭발
시키며 주먹을 뻗었다.

내력을 빠르게 집중시키고 한 점을 타격하는 수법이 필요
했다. 무생이 생각을 마치는 순간 그것이 현실로 펼쳐졌다.

천무권 멸점격(滅点擊).

무형의 기운이 청룡검에 닿자 청룡검이 진동하며 비틀렸다.
그러다 순식간에 박살 나 아름다운 빛을 뿌리며 비산했다.

무생의 선천지기가 싸늘하게 내려앉았다. 무생은 평소에 감적의 기복이 없었다. 느끼는 감정이라고는 지루함 또는 흥미, 그 둘뿐이었다.

하지만 모용천의 일이 있을 때 그것이 뒤집혔다. 그리고 어쩌면 지금 역시 마찬가지일 것이다.

"무슨 짓이지?"

무생의 살기는 죽음 그 자체를 연상시켰다. 무생의 날카로운 시선이 의선에게 닿았다. 의선은 손을 내리며 무생과 마주 보았다.

무생의 눈동자에 허무함 대신 다른 무언가를 담고 있기에 의선은 신음을 흘릴 수밖에 없었다. 하지만 백도무림의 원로로서 물러날 수 없었다.

"염마대제께서도 관련되어 있는 일이오? 무림공적인 남궁세가의 일과 말이오."

"그렇다면?"

의선의 눈이 가늘어졌다.

"백도무림, 그 이전에 무당파가 가만히 있지 않을 것이오."

"잘되었군."

무생은 분위기가 심상치 않게 변했다.

"직접 찾아가지 않아도 되니까. 어차피 무림맹이라는 곳에 용건이 있었다."

"광오하군!"

의선의 얼굴이 찌푸려졌다. 무생이 얼마나 경지가 높을지는 몰랐지만 천하삼절들과 나란히 하는 정도라고 생각했다. 아니 천하삼절보다 뛰어나다고 하더라도 그 정도로는 백도무림을 당해낼 수 없었다.

하지만 무생은 마치 아무것도 아니라는 듯한 표정이었다. 천하십제라는 자들이 때로 덤벼도 무생은 눈 하나 깜짝하지 않을 것이고 천하삼절과 대적하게 된다면 그것으로 좋았다.

자신을 죽일 수 있다면 제일 좋은 것이었고 그렇지 않는다면 실망시킨 대가를 치러야 할 것이다. 백도무림이든 마교이든 아니면 또 다른 암중 세력이든 말이다.

"진정 악행을 하려는 것이오?"

"무엇이든 간에 지루하지만 않았으면 좋겠군."

진정 위험한 자라고 생각했다.

도저히 무생의 생각이 읽히지 않았다.

의선은 무생을 두고 볼 수 없었다. 이대로 물러나는 것은 자신은 물론이고 무당파를 욕보이는 행위였기 때문이다.

의선이 배운 의술은 무당의 무학을 배우지 않으면 펼치기 힘든 수법이 많았다. 의술에 모든 것을 바친 터라 내공의 경지가 낮았지만 초식 자체는 오히려 더 완숙해진 의선이었다.

의선은 이길 수는 없으나 적어도 대항은 할 수 있으리라 생각했다. 의선이 자세를 잡자 어느새 그의 손에는 다양한 크기의 침들이 들려 있었다. 무당의 정기가 흐르는 침은 의선의 현묘한 내공과 합쳐져 정순한 기운을 흩뿌렸다.

의선이 전신내력을 끌어올렸음에도 무생은 손가락 하나 움직이지 않고 그래도 서 있었다.

무생의 관점에서는 모용천이나 의선이나 다를 바가 없어 보였다. 자신이 믿는 것을 위해 무력까지 동원하는 모습은 구차하기 그지없는 것이었다.

무엇을 위해 저토록 필사적으로 살아가는 걸까?

의선이 손이 먼저 움직였다. 의선이 빠르게 침을 던지자 무생의 사혈을 노리며 정확하게 날아왔다. 내기가 씌워진 침은 바위도 뚫어버릴 정도로 날카로웠지만 그것뿐이었다.

타다닥!!

무생의 옷에조차 닿지 못하고 작은 폭발음과 함께 침이 두 동강 나서 바닥에 떨어졌다. 의선은 그와 동시에 태극신권을 펼쳐 무생을 압박했다. 무당의 태극신권은 태극의 이해와 기운을 담고 있는 상승무학이었다.

하지만 무생의 눈으로 보기에는 엉성하기만 했다. 차라리 검노가 나뭇가지를 들고 펼치는 체조가 훨씬 나아 보일 지경이었다.

의선의 주먹이 자신에게로 향하고 있음에도 무생은 시선을 돌려 남궁소연을 바라보았다. 남궁소연의 목에서 상당히 많은 피가 새어나와 안색이 하얗게 변하고 있었다.

무생이 허무하기만 했던 눈동자에 무언가가 일렁였다.

태극을 그리는 의선의 주먹이 무생에게 쇄도할 때였다. 무생의 손이 드디어 움직이기 시작했다.

분명 손을 훨씬 늦게 뻗었음에도 불구하고 태극의 중심을 찔러 단박에 파괴하고 의선의 가슴에 손날이 닿았다.

"커억!!"

의선은 몇 걸음 물러나 가슴을 부여잡았다. 외상은 없었지만 진기의 흐름이 뒤틀리고 혈맥이 꼬여가고 있었다.

무생은 폈던 손날을 말아 쥐며 의선의 옆을 향해 내질렀다.

천무권이 펼쳐진 것이다.

콰아아앙!!

뒤에 있던 나무가 박살 나며 하늘로 비산했다. 나무는 잘게 찢어져 마치 자갈처럼 내렸다.

주르륵!

의선의 목에서 핏방울이 맺혔다.

'이런 무공이 있다니! 정도의 것이라 보기엔 너무나 파괴적이구나!'

의선은 한동안 우두커니 서 있다가 피를 토하며 바닥에 주저앉았다. 빠르게 자신의 혈을 짚으며 내상을 막고는 그 자리에 오롯이 서 있는 무생을 올려다보았다.

'실로 정체를 알 수 없는 두려운 자다.'

강하다는 개념이 아니었다. 가히 무적이라고 표현하는 것이 옳았다. 의선이 겪어본 무생은 무공의 개념으로서는 표현할 수 없는 절대강자였다.

만약 이런 자가 혈마인과 관계가 있다면 다시 혈마존의 비극이 재림할 수 있을 지도 몰랐다.

내상을 겨우 진정시킨 의선은 간신히 자리에서 일어나 무생을 바라보았다. 그의 주름진 얼굴에는 식은땀이 흐르고 있었다.

"나를 죽일 생각이오?"

의선이 물었다.

죽는 것은 두렵지 않다. 하나 말년에 거둔 제자가 안쓰러울 뿐이었고 무림의 평화를 위해 아무 것도 할 수 없음이 통탄스러울 뿐이었다.

살인멸구를 한다면 모든 것이 밝혀지지 않을 것이다.

무생은 부들부들 떨고 있는 남궁소연을 바라보다가 의선을 노려보았다.

"그럴 가치가 있겠나."

무생이 주먹을 내렸음에도 의선은 몸이 짓눌리는 듯한 압박감을 느꼈다. 그것은 내력의 문제가 아니라 존재감 때문이었다.

"연약한 여인 하나를 단체로 괴롭히는 것이 무림이라면......"

의선은 침을 꿀꺽 삼켰다. 무생에게서 뿜어지는 존재감은 그의 부동심을 흔들고 두려움을 심어주기에 충분했다. 쌓아올린 세월과 경험의 양 자체가 달랐다.

"그것을 박살 내는 것이 옳겠지."

"무슨......!"

무생은 남궁소연에게 손을 뻗어 목에 난 상처에 선천지기를 흘려 넣었다. 그러자 피가 멎고 상처가 천천히 아물기 시작했다.

"마음껏 날뛰어 봐라."

무생은 그렇게 말하면서 의선에게서 시선을 거두었다.

한편, 남궁소연은 흐려지던 의식을 다시금 되찾고 있었다. 자신을 감싸는 따뜻한 기운, 그리고 문득 자신이 무생의 품에 서 있다는 걸 알아차렸다.

또 한 차례 무생이 자신을 구한 것이 분명했다. 이에 남궁소연은 어찌할 바를 몰라 했다. 남궁소연은 자신의 눈을 들어 무생을 바라보았고, 두 사람은 서로 눈을 마주쳤다.

무생은 자신과 마주친 남궁소연의 시선에 살짝 웃고는 쓰고 있던 면사를 풀어버렸다.

"훨씬 낫군."

남궁소연의 표정이 멍해졌다.

"날이 춥군. 들어가 쉬어라."

"오라버니 하지만……!"

"신경 쓰지 말거라."

무생은 아무 일도 없었다는 듯 평소처럼 말할 뿐이었다. 의선은 굳어 있는 입술을 열었다.

"…이대로 끝나지는 않을 것이오."

"그렇다면 이제 지루하지는 않겠지."

무생의 그런 말을 들은 의선은 그 자리에 주저앉아 운기를 시작했다. 무생은 그런 의선에게 시선조차 주지 않은 무생은 그대로 등을 돌렸다.

"무림이나 영생산이나 똑같군. 그리고 과거나 지금 역시……."

지루하다면 일을 만들었고 마음에 들지 않으면 늘 부수었다. 무림조차 그런 연장선에 지나지 않을 것이다. 어차피 무생에게는 하나가 덤비나, 집단이 덤비나, 나라가 덤비나 그자체는 상관없었다.

"옳고 나쁨은 중요하지 않아."

중요한 것은 자신을 죽일 수 있는 자가 있는가 없는가였다.

없다면 부서질 수밖에 없을 것이다.

득도촌 노인들의 얼굴이 떠올랐지만 무생은 이번만큼은 고개를 젓고는 외면했다.

第九章

천무형(天武刑)

무생록

하룻밤 사이에 세상이 변한 듯 소문 하나가 무림에 퍼져 나가고 있었다.

염마대제가 무림공적인 남궁소연을 보호하고 있다!

잔잔하듯, 그러나 결코 잔잔하다 말할 수 없는 파급력을 지닌 소문이었다. 염마대제 무생에 대한 평가를 뒤집어엎을 수 있는 말이었다.

부각되지 않은 소문이거는 하지만 지난 날, 남궁세가가 혈마존의 비급을 손에 넣었다는 사실은 무림인들이 모두 다 아는 사실이었다.

혈마존의 비급을 이용해 혈마인들을 양성했다고 하는 추측이 오갔고, 무림맹주 모용준은 염마대제 또한 무림공적으로 지정해야 한다고 발언했다.

하지만 화산과 하북팽가, 그리고 사천당문은 그것에 반대하며 남궁세가의 일을 처음부터 자세히 조사할 것을 건의했고 정의동맹회 역시 그 의견에 찬성했다. 하지만 무림맹이나 다른 구파일방에서는 염마대제를 강력히 규탄할 뿐이었다.

무림맹은 화산과 두 세가의 반발을 받아들여 남궁소연을 넘겨준다면 면죄해 줄 것을 합비에 있는 염마대제에게 알렸지만,

"부수기 전에 발악해 봐라."

라는 말도 안 되는 답변만이 들릴 뿐이었다.

상황이 이렇게 되자 모용준은 회의를 소집했다.

지금 무림맹에서는 구파일방의 장문인, 혹은 대표격들이 모두 참석해 이 문제를 논의하고 있는 중이었다. 혈마인은 그만큼 큰 사안이었고 남궁소연이 가지고 있다고 알려진 혈마존의 비급은 파기해야 할 대상이었다.

"본인은 강력히 염마대제를 척살해야 한다고 생각하오!"

모용준이 그렇게 외치자 잠시 정적이 가라앉았다.

"맹주께서는 살심을 낮추시지요. 혈마존의 비급을 이용해 혈마인을 양산하고 있다는 것이 사실이라면 그렇게 하는 것이 옳으나……."

발언을 하고 있는 자는 소림의 대표격으로 참여한 혜광 대사였다. 소림의 모든 무학을 정리했다고 알려져 있는 무학에 있어서는 가히 독보적인 위치에 있는 자였다.

그럼에도 불구하고 무공을 쓴 일이 거의 없어 천하삼절이나 십제에는 들지 않았다. 하나 세간에서는 그와 동등한 위치로 보고 있었다.

"과거 남궁세가의 일은 무림맹주께서 독단적으로 일을 처리하셨고 확실히 모든 것을 밝히지 않으셨습니다. 게다가 남궁소연이라는 아이가 혈마인을 양산했다고는 보기 어려운 구석이 있습니다."

"사파연합의 힘을 빌린 것이 아니겠소! 상황이 어찌 되었든 그녀는 무림공적이고 혈마인과 관계가 있으니 잡아서 심문해야 하오."

혜광 대사의 말에 반발한 자는 종남파의 차기 장문인으로 알려진 전운백이었다.

"하지만 염마대제는 혈마인을 막아 많은 무림인들의 목숨

을 구했고 영웅으로 이름 높은 자이오. 남궁소연을 보호하고 있는 이유가 분명 있을 것이오!'

하북팽가의 가주 팽가진이 그렇게 말하자 침묵이 자리 잡았다.

"사안이 사안이니만큼 우선적으로 남궁소연을 확보하는 편이 좋겠소만."

"염마대제가 막아서고 있으니……."

그런 소리들로 술렁이기 시작했다.

"그렇다면 무를 겨루어보면 될 일이라 보오. 염마대제를 제압한다면 그도 별다른 수가 없겠지."

모용준이 자신감에 찬 어투로 말하자 여럿이 고개를 끄덕였다. 과반수가 찬성을 표하자 화산의 장문인은 신음성을 흘리며 입을 떼었다.

"그렇다면 그 절차는 정의로워야 할 것이오."

"나 무림맹주 모용천은 정의를 아는 자이오. 염마대제의 광오함을 꺾고 무림을 수호하겠소."

모용준의 내공이 실린 목소리는 자신감이 가득했다. 무림맹주의 권한은 큰 편이었고, 다른 자들도 반대하지 않으니 순식간에 염마대제를 제압하고 남궁소연을 확보하는 쪽으로 방향이 정해졌다.

척살령이 내려지려 했지만 화산과 두 세가가 막아섰기에

척살령은 이룰 수 없었고 대신 맹주 특권으로 그와 비견된다는 무림맹의 전통적인 형벌이 정해졌다.

서기의 자격으로 참여한 제갈미현은 제법 정의로워 보이는 모용준의 모습에 살짝 미소 지었다.

'제아무리 염마대제라도 저들을 모두 당해낼 수는 없겠지. 남궁소연을 확보할 수 있겠어.'

제갈미현의 요사스러운 미소를 본이는 아무도 없었다.

              *   *   *

합비는 지금 혼란에 휩싸여 있었다. 특히 정의천은 더욱 그랬는데 아직 정식으로 출범하지 않은 정의동맹회는 기본적으로 염마대제를 옹호했지만, 그중에서 구파일방에 몸을 담고 있는 무림인들은 한발 물러나 상황을 지켜보고 있었다.

그러면서도 남궁소연에 대해서는 적대적이었다. 혈마존을 직접 본 무림인들은 더더욱 그랬다.

혈마인의 존재를 밝힌 것이 염마대제이니 그와 혈마인은 관계가 없다는 여론이 형성되어 있는 상황이었다.

그렇다 보니 상황은 혈마존의 비급을 가지고 있다고 알려진 남궁소연에게 강렬한 의심이 몰리고 있었다. 이미 무림공적이니 그녀를 옹호하는 자는 없다시피 했다.

하지만 무생은 그런 상황을 아는지 모르는지 너무나 여유롭게 시간을 보내고 있었다.

'황산에 가는 것은 조금 늦어지겠군.'

그저 그렇게 생각할 뿐이었다. 본래는 황산에 가서 남궁세가의 집을 지어주고 남궁소연을 괴롭히는 강도 같은 자들을 처리하면서 천하삼절과 만날 생각이었지만 순서가 바뀐 것이다.

무생에게는 정말 그저 그 정도의 의미가 전부였다. 무림맹이니 구파일방이니 하는 것은 시장잡배이니 건달이니 하는 것과 다를 바가 없었다.

"오라버니… 죄송해요. 저 때문에……."

"무엇이 말이냐."

"지금이라도 저를 버리시면… 절 무림맹에게 데려가시면 오라버니께서는 피해가 없으실 거예요."

무생은 들고 있던 찻잔을 내려놓았다. 그럭저럭 괜찮은 차였지만, 평소보다 맛이 없게 느껴졌다. 무생은 눈시울을 붉히면서 말하는 남궁소연을 바라보았다.

"말하지 않았더냐, 집을 지어 주겠다고."

"오라버니……."

"어디나 방해꾼들이 있는 법이다. 보통 모두 사소한 자들 뿐이지."

무생이 그렇게 말하자 남궁소연은 멍한 표정을 짓다가 살짝 미소를 지었다. 그러고 보니 무생은 단 한 번도 틀린 말을 한 적이 없었고 그 어떤 것에도 흔들리지 않았다. 하지만 백도무림의 전체를 적으로 돌리는 것은 제아무리 염마대제라도 무모한 일이라 생각했다.

백도무림은 정보다는 의와 명분을 중요시했기 때문에 염마대제가 아무리 훌륭한 영웅으로 불려도 무림공적인 자신과 있으면 피해를 받게 될 터였다.

'내가 어리석었어.'

영생산에서 이기적인 마음으로 무생을 무림에 나오게 한 자신이 어리석게만 느껴졌다. 무생 같은 고수만 있다면 다시 남궁세가를 살릴 수 있을 것만 같았기 때문이다.

하지만 현실은 그렇게 쉽지 않았다.

무생의 평소 같은 모습에 오히려 더 감동하는 남궁소연이었다. 남궁소연이 눈물을 흘리고 있을 때 찾아온 자가 있었다.

바로 의선의 제자 설회였다.

"과연 천하십제라는 것인가요? 그런 짓을 벌이고도 대범하군요."

설회는 무생이 있는 방에 들어오자마자 차가운 눈으로 무생을 노려보았다. 남궁소연이 눈물을 지우고 표정을 굳히며 설희를 노려보았다.

"무림공적과 천하십제라……. 좋은 조합이군요. 아직 백도무림인들이 당신을 영웅으로 치켜세우고 있지만 당신은 그저 힘에 취한 잡졸에 지나지 않아요!"

설희는 무생을 악인으로 보았다. 자신을 거두어주고 늘 무림을 위해 힘쓰라 가르침을 준 자신의 스승에게 큰 내상을 입힌 자였다. 당분간 운신이 불가능할 정도로 내상을 입었고 심마까지 찾아와 요양을 해야만 했다.

무림공적인 저 남궁소연을 감싸려는 이유로!

"백도무림 전체가 움직이기 시작했으니 곧 무림에 정의가 세워지겠지요."

탁!

무생은 찻잔을 내려놓고 천천히 고개를 돌려 설희를 바라보았다. 경우에도 없는 모욕이었지만 무생의 표정에는 전혀 변화가 없었다.

무생은 그녀가 하는 말에는 관심이 없었다. 무생이 설희를 바라본 이유는 따로 있었다.

"재미있는 몸을 하고 있군."

"무슨……."

설희의 시선이 무생의 눈과 마주치자 설희는 섬뜩함을 느꼈다. 무생은 설희를 흥미롭다는 듯 바라보다가 자리에서 일어났다.

　그리고 얼마 전에 방 한쪽에 놓인 호리병을 가지고 와 설희에게 던졌다. 설희는 갑자기 날아오는 호리병을 긴장하며 받아들었다.

　"이게 뭐지요?"

　"술이다."

　"내가 술이나 따르는 천박한 기녀로 보이나요?"

　무생은 무심한 눈으로 그녀를 바라보았다.

　"스스로 천박하고 싶어 하는 사람은 없다."

　설희는 말문이 막혀 아무 대답도 할 수 없었다. 그녀에게 흥미가 식은 무생은 시선을 돌리며 입을 떼었다.

　"한 잔씩 마시고 자거라. 그렇다면 좀 나아지겠지."

　"무슨 소리를……."

　설희가 무생에게 무슨 소리냐고 물으려 할 때 소란스러운 소리와 함께 곽진이 들어왔다. 곽진은 어두운 표정으로 무생에게 다가왔다.

　"무림맹에서 판결이 난 모양입니다."

　무생은 별 다른 관심을 보이지 않았다.

　곽진은 그런 무생이 대단한 각오를 하고 있다고 생각했다. 자신이 거둔 무림공적을 위해서 말이다. 감동을 넘어선 울컥함을 느꼈지만 곽진은 그런 기색을 최대한 내지 않은 채 입을 뗴었다.

"…무림맹에서 무 대협께 천무형(天武刑)을 실시한다고 합니다."

천무형(天武刑)!

천무형은 백도무림에서 전통적으로 행하는 처벌 중 하나였다. 고수로 이름 높은 자가 정을 품지 않고 심마나 사공에 빠진다면 무림맹에서 나서서 무로써 다시 정도로 돌아오게 한다는 것을 뜻했다.

비무 형태로 진행되는데 보통 백도무림의 고수들과 연이어 싸우게 되어 그 누구도 천무형을 온전히 통과한 자가 없었다. 모두 다 내공이 폐지되거나 알려지지 않은 깊숙한 곳에 봉인되었다.

더군다나 이번에는 소림뿐만 아니라 무당 그리고 천하삼절 중 일인인 무림맹주가 직접 온다고 알려졌다.

역대 최고의 천무형이 내려질 것이라는 소문이 벌써부터 파다했다. 남궁소연은 천무형이라는 소리를 듣는 순간 다리에 힘이 풀려 주저앉을 뻔했다.

말이 천무형이지, 명예로운 처형이나 마찬가지였기 때문이다. 천무형에 간략히 설명을 들은 무생은 그저 작게 고개를 끄덕일 뿐이었다. 그다지 감흥이 없는 이야기였다. 알아서 찾아온다는 것은 편하긴 했지만 말이다.

"염마대제의 활약, 기대하도록 하겠어요."

설희는 무생을 싸늘하게 노려보며 그렇게 말하고는 등을 돌리며 사라졌다.

무림맹과 청월루주가 모종의 관계가 있었다는 의혹은 남궁소연의 등장과 무생으로 인해 완전히 묻혀버린 듯했다.

"천하삼절이 합비로 온다 했소?"

"그렇습니다. 무림맹주께서 직접……."

"좋군."

무생 살짝 미소를 띄우며 그렇게 말했다. 기대감으로 인해 생긴 미소였다. 무림에서 절대자라 불리는 천하삼절이 자신에게 죽음을 가져다 줄 수 있을지 기대가 되었다.

"오라버니."

남궁소연의 목소리가 들리자 그런 마음이 조금은 가라앉았다.

남궁소연의 안위가 걱정되는 것인가?

무생은 그런 의문을 띄워보았지만 자신의 죽음보다 더 가치가 있는 것이라고 생각할 수는 없었다. 그의 냉철한 이성은 분명 그렇게 말하고 있었다.

*   *   *

합비에서 염마대제에게 천무형을 한다는 소문이 퍼지자 많은 무림인들이 합비로 몰려들었다. 게다가 사건의 중심인 남궁소연이 합비에 있다고 하니 그녀를 노렸던 세력들 또한 합비로 향하지 않을 수 없었다.

과거 천년마교라 불리며 무림의 반을 차지했던 마교도 그 세력 중 하나였다. 무림일통의 직전까지 갔던 그들이 무너진 이유 중 하나는 내부의 분란이었다.

그리고 그 분란이 무림의 또 다른 피바람을 불고 왔다. 천년마교에서 떨어져 나갔다고 알려진 혈교의 존재 때문이었다.

천마신공의 실존 이후 급속도로 교주의 힘이 약해졌고 사공으로 분류된 혈마기를 쓰는 무공을 연성한 부교주가 반란을 일으켰다.

그 부교주의 직전제자가 바로 무림 역사에 큰 희생을 만들었던 혈마존이었다.

마교는 애초부터 혈교의 독립을 인정하지 않았고 암중으로 혈교와 많은 부분에서 부딪혀 왔다. 그것은 지금도 진행 중이었다. 때문에 남궁소연이 가지고 있다고 알려진 혈마존의 비급은 회수해야 할 대상이었다.

염마대제가 막아서기도 했었고 천마동의 회수 때도 그랬으니 염마대제는 마교가 척살해야 하는 대상이었다.

마교의 중심, 천마전에서는 마교의 원로들이 모여 반백 년 만에 등장한 천무형과 염무대제, 그리고 혈마인에 대해 이야기하고 있었다.

"염마대제가 혈교와 관련이 있겠는가?"

"수집한 정보에 따르면 염마대제는 무림일통을 노리고 암중 세력을 키우고 있다고 하오."

마교의 인물치고는 단정한 느낌의 노인의 말에 팔이 기이할 정도로 긴 괴노인이 그렇게 말했다. 단정한 느낌의 노인은 검마신군이라 알려진 마교의 원로였고 괴노인은 괴마살신이라 불리며 과거 백도무림의 척살 대상으로 손꼽혔던 자였다.

"그가 금호에 나타난 지 얼마 되지 않았는데 무금성은 이미 독자적인 세력을 구축하였소. 그 비상식적인 성장 배경에는 혈교와 관련이 있을 수도 있겠군."

"교주께서는 어찌하실 것이라 보오?"

검마신군이 그렇게 말하자 괴마살신이 물었다. 다른 원로들은 모두 침묵을 지켰다. 검마신군은 고개를 살짝 끄덕이며 입을 떼었다.

"무림맹보다 먼저 회수하라는 명령이시오."

장내가 약간 술렁이기 시작했다. 이는 자칫 잘못하면 정마대전으로 번질 수도 있는 일이었다. 하지만 교주의 명령은 절대적이었다.

마교가 본격적으로 움직인다는 것은 분명 심상치 않은 일이었다.

*　　　　*　　　　*

전 무림의 시선이 모두 합비로 집중되었다. 오십 년 만에 벌어지는 천무형은 그만큼 충격적인 결정이었다.

무림을 위협하는 고수로서 대접해 주는 뜻도 있으니 염마대제가 어느 정도까지 버텨낼지 세간의 이목이 집중되고 있었다.

무생을 아는 자들은 눈물을 훔치거나 비통한 심정을 금치 못했지만, 그저 소문으로만 들은 자들은 무림맹의 선동에 휩싸여 비판을 내놓기 바빴다. 무림맹주 모용준은 이것을 기회라고 생각하는 듯 천무형이 아직 열리지 않았음에도 과감한 말을 사용해 연신 무생을 깎아내리고 있었다.

일이 이렇게 되니 최근 백도무림의 위세에 짓눌려 있던 사파연합은 백도무림의 영웅이라 칭송받던 무생을 사파 쪽으로 끌어들이기 위한 공작을 하고 있었다.

백도무림의 문파, 그리고 백도무림에 짓눌려 형성된 사파연합, 유일한 백도무림의 대항마라 알려진 마교.

그 모두가 염마대제 무생의 천무형을 놓고 합비로 모여들고 있는 것이다.

그것은 무림맹의 허락이 있든 없든 벌어지는 일이었다. 때문에 합비는 무림인들로 북적였고, 터질 듯한 긴장감이 이어졌다. 무생은 여러 시선 속에서 감시 아닌 감시를 받으며 정의천 본관에 머물고 있었다.

무시하고 황산으로 가서 집을 짓는 것도 나쁘지는 않았으나 무생의 그런 생각을 막는 존재가 있었다.

"무림맹주인가."

무생은 그 어떤 소문도 신경 쓰지 않고 오로지 천하삼절이 오는 것만 상기하고 있을 뿐이었다. 과연 길고 길었던 자신의 목숨을 끊어줄 수 있을지 궁금했다.

큰 기대는 하지 않는다고 생각하고는 있지만 너무 간절했었던 탓일까? 기대가 무너지게 된다면 어떻게 될지 그 자신조차 상상할 수 없었다.

'십제와는 하늘과 땅의 차이가 있겠지. 그렇지 않고서야 절이라는 이름이 붙겠는가.'

천하삼절이 그토록 뛰어난 무신이고 자신의 목숨을 끊어줄 수 있다고 한다고 해도 모용천의 일도 있으니 어느 정도는 갚아주고 죽을 생각이었다. 때문에 천하삼절에 대항할 무공을 검토하는 중이었다.

자신이 죽고 나면 만복금이나 홍수희, 그리고 화산에서 남궁소연을 잘 지켜줄 것이라 생각했다. 집을 지어주지 못하는 것은 아쉽지만 지금 그것보다 자신의 죽음이 훨씬 중요했다.

오직 그것만을 갈구해 온 무생이었으니 말이다.

'준비는 해야겠지.'

그동안 마구잡이로 익혀오며 이름 붙였던 자신의 무공들을 제대로 정리해야 했다. 그저 흥미와 재미로 만들고 익힌 것이니 무생, 그가 생각하기에는 역시 많은 하자가 있었다.

천하삼절이라는 무신과 그럭저럭 상대하고 죽으려면 그와 어울리는 것이 필요했다.

무생이 그 자리에서 만든 무공은 천무권, 천무검, 그리고 무적수라보 정도였다. 회생타법도 어찌 보면 무공에 속하기는 했으나 과거에 정립한 의술에 포함시키는 것이 옳았다.

무생의 무공 중 특이한 점은 토납법이 없다는 점이었다. 운기조식을 하지 않으니 만들 필요가 없었고, 선천지기는 무공을 터득하면서부터 자유자재로 다룰 수 있으니 운기법은 필요치 않았다.

만약 무생이 선천진기를 다루는 것처럼 다른 고수들이 내기를 다룬다면 혈맥이 터지고 단전이 산산조각 나며 심마에 빠져 폐인이 될 것이다. 자신의 몸에 해를 끼치는 방향으로 무공을 습득했으니 말이다.

때문에 위력도 너무나 극악했다. 그 무엇보다도 깨끗하고 정순한 선천지기 때문에 가려진 부분이 있었지만 무생의 천무권은 오히려 사공에 가까웠다.

그렇지 않다면 상대의 혼백마저 태워 버리는 잔인한 불길과 건물 한 채를 지워 버리는 위력을 무엇이라 표현할 수 있을까?

"그럼 제대로 정리해 볼까."

무생은 자신이 흥미, 그리고 반쯤은 심심풀이로 만든 것들을 정리하기 시작했다. 정리라고 해보았자 붓을 놀려 써내려가다가 부족한 부분이 발견되면 수정하는 것에 지나지 않았다.

하지만 그것만으로도 대단한 발전이 있었다. 무공을 익히는 자는 스스로 부족한 부분을 알 수 없고 무공을 대성한 자는 스스로의 부족함을 알아 고치며 일대종사는 한 단계 진보한 무학을 정립한다고 한다.

무생은 그 일대종사의 범주를 넘어서고 있었다. 무생이 가볍게 생각하는 수정은 무한하게 완벽에 가까운 것이었으니 말이다.

"음, 괜찮군."

무생은 천무권의 단계를 세 단계로 나누었다. 그가 보아온 현상들을 그대로 녹여놓은 것이었다. 첫 단계는 선천지기를 이용한 대상의 파괴였다.

천무권(天無拳)의 파천권장(破天拳掌), 파천연환권장(破天連環拳掌), 또는 만천폭뢰강탄(滿天爆雷彈)이 이에 해당할 것이다. 권기라는 개념이 없고 오로지 권강, 그리고 무형강기 정도로 펼쳐야 하는 권법이었다.

방어 초식이 없는, 오로지 파괴만을 위한 초식이었고 무생은 이것을 첫 단계로 정의하며 제일식의 범위 안에 넣었다.

두 번째 단계는 대상의 완벽한 소멸이었다. 금호에서 펼쳤던 염옥강림(炎獄降臨)의 수법이 이에 해당할 것이다. 이미 권법이라는 틀을 깨버린 무공이었고 지옥지주(地獄蜘蛛)라는 수법을 제삼식이라 표현하기는 했으나 두 번째 단계에 해당했다.

불로써 상대를 태우는 염옥강림의 수법보다 그 자체를 과도한 선천지기의 밀집으로 지워 버리는 멸혼백(滅魂魄)이 그보다 더 뛰어났지만 두 번째 단계에서 벗어나지 않았다. 오히려 소멸의 대상을 끊임없이 회복시키며 고통을 주는 재생지옥권(再生地獄拳)이 두 번째 단계의 끝이라 표현할 수 있었다.

"세 번째 단계는……."

아직 사용해 보지 않은 것들이었다. 머릿속으로만 생각하던 것들이었고 사용할 수 있을지조차 의문인 것들이었다. 그것은 무생이 아는 모든 것을 집약해 놓은 것이기도 했다. 자신의 살아온 세월과 익혔던 모든 것이었다.

아마 그것은 무언가의 부활(復活)을 나타낼 것이다. 그것은 물질적인 것뿐만 아니라 정신적인 것도 포함되었다. 소멸 뒤 부활시킨다는 가히 신과 같은 초월적인 개념일 수도 있겠지만 어느 개체의 존재 자체를 새롭게 탄생시킨다는 뜻 측면이 더 컸다.

　"이 세 단계를 넘어선 마지막 단계가 바로 내가 원하는 것이겠지."

　닿기에 너무나 먼, 그 마지막 단계는 바로 소멸과 부활을 넘어선 완벽한 죽음이었다. 무생은 스스로를 죽일 수 있을 때 마지막 단계가 현실로 다가온다고 정의했다. 그저 막연한 꿈과 같은 것이라 현실로 이루어진다고 생각하는 것조차 무리였다.

　그것이야말로 무생의 모든 것과 염원을 담은 무생록(無生錄)이었다. 어찌 보면 삶 뒤에는 죽음만이 있고 뼈와 가죽은 썩어 없어지니 기록밖에 남지 않는다는 평범한 것들이라 볼 수 있었다.

　"절대자라 칭송받는 그 삼절들이라면 가능하겠지."

　그렇기에 많은 자들이 그들을 두려워하고도 선망하니 말이다. 천하삼절이 이 경지를 밟고 있지 않다면 자신을 죽이는 것은 무리라 생각했다.

　사르륵!

무생이 붓을 내려놓는 순간 붓이 가루가 되어버렸다. 선천지기를 일으킨 적이 없었지만 강인한 정신적인 힘에 의해 영향을 받은 것이다.

"삼 단계와 마지막 단계를 적을 수 없으니 미완성이군."

게다가 일이 단계도 효율적인을 계속해서 추가할 수 있을 것 같았다.

"내가 죽으면 완성될 일도 없겠지. 그것이 제일 좋은 일이다."

무생은 그렇게 말하며 긴 숨을 내쉬고는 겉표지에 손가락을 가져다 대었다. 몇 번 손가락을 젓자 그을림이 일어났다.

한 획 한 획이 너무나 시원했지만 그 시원함 속에 아주 많은 것들이 담겨 있었다.

무생이 손을 내리자 드디어 이름이 지어졌다.

무생록(無生錄).

최고의 무학, 아니 그것을 넘어선 그 어떤 것이었다. 하지만 무생록이 상징하는 것은 그것이 아니었다. 이것은 오로지 무생밖에 완성할 수 없는 단순한 기록일지도 몰랐다.

"완성할 수 없으면 좋겠군."

완성할 수 있을지조차 모르는 것이었다. 지금은 불가능이었고 앞으로도 그럴지도 몰랐다. 얼마만큼 긴 세월이 흐르고 감이라도 잡을 수 있을지조차 의문이었다.

　무생은 그답지 않게 살짝 눈썹이 찌푸려졌다. 그러다 이내 긴 호흡을 내뱉고 말았다. 다 식어버린 차를 순식간에 뜨겁게 달구고는 차를 한 모금 들이켜자 다시 무표정으로 돌아올 수 있었다.

第十章

각자 원하는 것

무생록

무금성이 있는 만복금은 늘 하던 일과를 마치고 그 어떤 초
조함도 나타내지 않았다.

무생이 하오문주를 거두어들였다는 정보를 들었을 때도
그랬고, 천무형이 행해진다는 소리를 들었을 때도 별다른 표
정이 없었다.

그것은 예상 범주 안에 있었기 때문이다. 생각보다 빠르게
나타나서 놀란 감은 없지 않아 있었지만 그것뿐이었다.

"그래도 계획을 조금 바꿔야겠군."

사천당문은 하오문이 무생에게 접수된 이후 많은 인재들

을 보내주었다. 그들은 모두 마음에 독을 품은 자들이었고, 홍수희의 세뇌에 가까운 교육 아래 무생을 절대적으로 따르는 신도가 되었다.

"조금 빠듯하기는 하지만……."

염마대제의 이름 아래 모인 무인들은 이미 한 세력으로서 부족함이 없는 수준이었다.

만복금은 어두운 색의 장포를 입고 있었다. 과거의 연약했던 인상은 많이 사라져 있었고 날카롭게까지 느껴졌다.

무공을 깊게 익히지는 않았지만 발하는 존재감은 상당했다. 무생의 의동생과 무금성주라는 자리는 만복금을 짓눌렀고 그것을 극복해내자 자연히 존재감이 커진 것이다.

만복금의 뒤에 어느새 춘삼이 나타나 부복했다. 무금성에 들어올 때면 모든 무인이 흰 천으로 얼굴을 가리고 들어왔고 그것은 춘삼 역시 마찬가지였다. 복장은 결코 어둡지 않은, 오히려 고급스럽고 화려했지만 느껴지는 분위기는 왜인지 음침했다.

"어떤가?"

"아직 전력이 예상만큼 올라온 것은 아니지만 그럭저럭 쓸 만할 것으로 판단됩니다."

"그렇군. 형님께서 만들어 준 기회다. 놓칠 수는 없지."

모습을 드러내는 것이 다소 빨라지기는 했으나 화산과 암

묵적으로 협약이 되었고, 하오문이 밑으로 들어온 시점에서 기다릴 것은 없었다.

구파일방과 모든 백도무림의 주요 인물, 그리고 사파연합과 마교마저 있으니 무생신교의 위대함을 알리며 개교 선언을 하는 데는 어색함이 없는 장소였다.

"사천과 하북은 어떤가?"

"화산과 같은 뜻입니다."

만복금은 고개를 끄덕였다. 무금성이 가지고 있는 재력은 이 일대의 모든 돈을 쓸어 담는 것과 다르지 않았다. 하나 그만큼 민생을 위해 썼으니 그 결과가 무생신교의 부흥으로 나타났다.

무생신교가 세상에 나타나고 그 영향력이 더욱 넓어진다면 무림의 모든 재력을 통일하는 것도 무리는 아닐 것이다.

"형님을 따르기에는 아직 부족하지만 힘내야겠지."

만복금이 일어나자 어두운 공간에서 무엇인가 후두둑 내려와 그의 뒤에 섰다. 살수가 입기에는 화려한 옷을 입고 있지만 오히려 이상하게 눈에 띄지 않았다. 곁에 있음에도 느낄 수 없을 정도였으니 얼마나 고된 수행을 했는지 알 수 있는 대목이었다.

"늦지 않도록 해야 한다."

"존명!"

만복금의 말이 떨어지자 머리를 조아리며 외친 그들이 순식간에 사라졌다. 마지막으로 춘삼이 묵례를 하고 사라지자 만복금의 표정이 조금 굳어졌다.

"시작인가."

처음은 무엇이든 어려운 법이다. 만복금은 두근거리는 심장을 가라앉히며 긴 숨을 내쉬었다. 다시 써지는 무림 역사는 지금부터 시작이었다.

                    *   *   *

천무형이 시행되는 당일은 구름 한 점 없는 좋은 날씨였다. 바람까지 선선하니 몸을 움직이기에 가장 좋다고 할 수 있었다.

천무형은 백도무림의 정의집행 행사였지만 모든 무림인의 관심이 모아지고 있는 만큼 그와 준하는 장소가 준비되어야만 했다.

다행히 합비에는 제법 커다란 연무장이 있었고 그곳에 공사가 빠르게 진행되어 제법 그럴 듯하게 차려졌다.

염마대제에 대한 평가가 극명하게 갈리고 혼란스러운 이때에 정의동맹회의 무림인들은 그런 평가에 휩쓸리지 않고 여전히 무생을 따르고 있었다.

천무형을 통과한 자는 없었고 모두 무림맹의 힘에 굴복하여 머리를 숙였지만 그들은 왠지 무생만은 다를 것이라 생각했다. 이미 혈마인이나 남궁소연의 일과는 상관없이 무생을 진심으로 따르고 있는 것이다.

무생이 창 너머로 화창한 날씨를 바라보고 있자 소하란이 무엇인가 들고 들어와 작은 인기척을 냈다.

"정의천의 모든 무인이 준비한 것입니다."

천무형이 행해지는 당일, 정성스럽게 준비한 무복을 가져다주었다. 무복은 특이하게도 하얀색이었다. 무림인들이 합심으로 약수에 천을 며칠 동안 담구었다가 합비의 가장 높은 곳에서 말렸고 염의녀들이 바느질을 하며 정성스럽게 만든 무복이었다.

백색의 의미는 결백을 뜻하기도 하였다. 때가 잘 안 타는 검은 무복만 입던 무생은 백색의 무복을 받아들었다. 소하란은 눈시울을 붉히며 무생을 차마 바라보지 못했다. 그것은 뒤에 따라 들어온 남궁소연 역시 마찬가지였다.

남궁소연은 그야말로 죽고 싶은 심정이었다. 모든 것을 담담히 받아들이는 무생의 모습에 가슴이 찢어질 것 같은 고통을 느꼈다.

"나쁘지 않군."

그다지 마음에 드는 재질은 아니었지만 그럭저럭 입을 만하다고 생각한 무생이었다. 보기 좋든 안 좋든 움직이기 편하면 괜찮았다.

무생이 옷을 갈아입을 때쯤 무림맹에서 사람을 보내왔다. 노련한 고수로 이루어진 무림맹 소속 무림인들 가운데 요사스러운 분위기의 여인이 서 있었다.

무림맹의 책사 제갈미현이었다. 사파연합을 억누르는 데 많은 공을 세웠고 지금은 명실상부한 무림맹의 두뇌였다. 제갈미현의 앞을 먼저 막아선 것은 남궁소연이었다.

"제갈미현……."

"무림공적이 이렇게 합비에 있다니 기가 찰 노릇이군요."

남궁소연이 노려보자 제갈미현이 비웃음을 머금으며 그렇게 말했다. 제갈미현은 남궁소연을 노골적으로 무시하며 무생의 앞까지 다가갔다. 제갈미현이 무생을 본 순간 눈에 이채가 서렸다.

"소문대로 미남자시군요."

무생은 제갈미현의 목소리에 천천히 시선을 옮겨 제갈미현을 바라보았다.

"탁기가 많군."

무생의 말에 제갈미현이 당황한 듯 눈이 커졌다. 그러다 이내 평정을 되찾고는 입을 떼었다.

"저에게 관심이 있나요?"

"아니."

무생은 제갈미현에게 흥미가 전혀 없다는 듯 시선을 떼었다.

"더러운 것에는 관심 없다."

"…윳."

무생의 모욕적인 언사에 그녀의 뒤에 서 있던 무림인의 기세가 흉흉해졌다. 하지만 무생이 바라보는 순간 뒤로 주춤 물러날 뿐이었다.

'역시 보통이 아닌 자야.'

제갈미현은 염마대제를 만만히 본 자신의 생각을 급히 수정해야만 했다. 천하십제에 든 실력은 진실이었고 잘하면 천하삼절이 자리까지 노려볼 수 있을 거라 생각했다.

'하지만 천무형에 처해졌으니 빠져나갈 수 없겠지.'

구파일방의 정예 고수가 참여하는 천무형을 이겨낸 자는 지금껏 단 한 명도 존재하지 않았다.

천무형 자체가 무로서 죄를 판별한다는 것이니 끊임없이 많은 고수와 겨루어야 했다. 제갈미현은 눈앞에 있는 사내가 아무리 무공의 경지가 높아도 제압당할 것임을 믿어 의심치 않았다.

'좋은 남자네.'

제갈미현은 무생의 모습을 보는 순간 마음이 동했다. 이자를 제압하여 확보하게 된다면 모용준에게 했던 것처럼 중독시켜 자신의 것으로 만들리라 마음먹었다. 그렇게 한다면 저 차가운 얼굴도 자신을 위해 달달하게 녹을 것이 분명했다.

"무림맹에서는 천무형을 이겨내는 조건으로 남궁소연의 사면을 약조했습니다. 하지만 죄가 밝혀진다면 결과는 참담하겠지요."

남궁소연이 살기를 내뿜을 만큼 이것은 노골적으로 염마대제를 핍박하고 자신을 죽이겠다는 의도였다. 천무형 자체가 본래부터 말이 안 되는 악습과도 같은 제도였다.

고수가 죄를 지었을 경우 무로서 결백을 주장한다면 하늘이 도울 것이라는 말도 안 되는 이론에서 출발한 것이었다. 극복해낸다면 어떤 죄든 무조건적인 사면해 준다는 의미가 있기는 하나, 그것은 거의 불가능해 명예 사형이라 부르는 편이 타당했다.

"이런 말이 안 되는 제도를 폐지 않고 남겨두다니! 무림맹도 사파연합과 다를 바가 없다!"

남궁소연이 제갈미현을 향해 그렇게 외쳤다. 무력을 행해 이겨내지 못하고 무릎을 꿇게 된다면 죄가 있는 것이 애초부터 말이 되지 않았다. 제갈미현은 차가운 눈으로 남궁소연을 바라볼 뿐이었다.

"남궁소연, 당신이 이 모든 것을 초래한 것이에요. 얌전히 무림맹에 몸을 바친다면 넘어갈 수도 있어요."

남궁소연이 입술이 부들부들 떨렸다. 남궁소연은 지금이라도 천무형을 막고 싶어 제갈미현의 말을 따르고 싶었다. 그렇게 한다면 무생은 무사할 것이니 말이다.

'차라리 내가 죽는 편이 나아.'

남궁소연이 그렇게 다짐하며 떨리는 입을 억지로 떼려 할 때였다.

"쉽군. 지금 가면 되나?"

무생의 말이 들려왔다. 마치 산책이라도 가는 듯한 말투였다. 제갈미현은 아무렇지도 않은 무생의 표정에 눈을 살짝 찌푸렸다. 그러다가 작게 숨을 내쉬고는 빙긋 웃었다.

"염마대제의 대범함에 놀랄 수밖에 없군요. 그럼 부디 잘 견뎌내시길 바랄게요."

"견뎌낸다?"

무생의 얼굴에 조그마한 미소가 그려졌다.

"너는 뭔가 착각하고 있군."

무생의 미소는 꿈에서나 나올 법한 몽환적인 마력을 가지고 있었다. 언제나 냉철함을 유지하는 제갈미현의 정신이 살짝 아득해질 정도로 말이다.

"천하삼절이라는 존재가 날 어찌할 수 없다면 너희가 견뎌내야 할 거다."

무생의 존재감은 너무나 무거웠다. 무림맹의 무인들은 간신히 무릎이 굽혀지는 것을 막았고 고개를 들지 못했다. 제갈미현은 깨문 입술에서 피가 흘러나왔다.

"그 여유 어디까지 가는지 보겠어요."

제갈미현이 숨을 가쁘게 내쉬며 물러났다. 명문정파 출신으로 무림맹 정예 무사로서 자부심이 상당했던 무인들이 모두 맥을 못 추며 달아나듯 물러나자 그 광경을 방 밖에서 몰래 지켜보고 있던 정의동맹회의 무인들은 고개를 끄덕이며 엄숙히 자리를 지킬 뿐이었다.

무생은 천천히 걸음을 옮겼다. 방을 나오자 많은 무림인들이 무생의 뒤에 하나둘씩 합류했다. 본관을 나올 때 벌써 백이 넘는 무림인이 무생의 뒤에서 결연에 찬 얼굴로 서 있었다.

무생은 본관 밖으로 나와 잠시 멈춰 서 하늘을 바라보았다.

태양이 조금 기울어져 있었다. 날씨가 너무 좋아 만약 득도촌에 있었다면 어디든 주저앉아 낮술을 했을 것이다. 무생이 그렇게 술을 마시고 있으면 어째서인지 득도촌 노인들이 다 모여 같이 술잔을 기울였다.

검노는 술잔을 기울이며 무생, 그가 그렇게 낮부터 술을 마시는 날은 보기 드물게 좋은 날이니 같이할 수밖에 없다고 말하곤 했다.

기이하게도 그런 날이 있고 어느 때는 오랫동안 술을 입에 담지 않은 날도 있었다. 그저 기분 탓이 분명해서 무생은 술이 날씨를 가린다는 다른 노인의 농담에 고개를 설레 저을 뿐이었다.

늘 여유롭던 무생도 오늘 같은 날씨에는 쓸데없는 것을 하기 귀찮아 했다.

"오늘은 내가 죽을 날이 아닌가?"

그렇게 중얼거리며 잠시 멈춰 서 있던 무생이 다시 걸음을 옮기기 시작했다. 무생이 정의천 본관을 지나자 무금성의 장인들이 연장들을 바닥에 내려놓고 마중 나와 있었다. 그들은 굳은 표정으로 서 있는 무림인들과는 달리 담담히 서서 무생을 보며 살짝 묵례했다.

"잘 다녀오시오, 무 사부."

"음, 허허, 굳이 우리가 가지 않아도 되겠지."

"무림맹인지 뭔지 모르겠지만 불쌍하니 좀 봐주시구려."

장인들은 아무런 걱정도 없다는 듯 그렇게 말할 뿐이었다. 그런 태연한 모습에 무림인들이 의아함을 머금을 정도였다.

"오늘은 들어가 쉬시오."

"이렇게 좋은 날에 연장을 놓으라니! 무 사부가 농담이 심하시군! 허허허."

무생의 말에 장인 하나가 그렇게 말했다. 그러자 장인들이 모두 소리 내어 웃으며 고개를 끄덕였다. 멀리서 지켜보던 염의녀들의 홀쩍이는 소리와 섞여서 묘한 울림을 자아냈다.

남궁소연은 죄인처럼 고개를 숙이고 무생의 옆을 따랐다. 천무형이 끝날 때까지 남궁소연은 무림공적의 신분을 잠시나마 벗어날 수 있었다. 그렇기 때문에 지금은 누구도 남궁소연을 건드릴 명분이 없었다.

남궁소연은 어쩌면 마지막 자유인지도 모른다고 생각했다.

"가도록 하지."

무생은 남궁소연의 그런 마음과는 상관없다는 듯 그렇게 말하며 걸어 나갔다.

무생이 천무형이란 것을 꺼릴 이유는 그 어디에도 없었다. 오히려 무생에게는 더할 나위 없이 좋은 조건이었다. 무생이 손해 보는 것은 하나도 없었다. 죽음을 이룰 수 있다면 무엇이든 할 수 있을 것이라 생각했다.

'기대되는군.'

천하삼절이 나와 자신에게 죽음을 가져다 줄 수 있을지 기대가 되었다. 무생이 산책하듯 걷자 어느새 무생의 뒤에는 많은 사람들이 뒤따르고 있었다. 무림인들과 무생에게 도움을 받은 사람들의 숫자는 거리를 꽉 메울 정도로 많았다.

"무 대협! 저희는 무 대협을 지지할 것입니다!"

"이겨내셔야 합니다!"

"이런 말도 안 되는 악습은 철폐해야 합니다!"

"뭐가 백도 무림이냐!!"

몰려온 많은 인파들 사이에서 무림인들이 그렇게 외치자 무림인이 아닌 자들도 동조하며 소리치기 시작했다.

무림맹 소속의 무인들이 당황할 정도로 언성이 격해졌다. 무생은 잠시 멈춰 서서 그들을 바라보며 입을 떼었다.

"쓸데없는 소리 말고 일이나 보시오."

무생의 그런 말에 갑자기 분위기가 숙연해졌다. 무생이 자신들이 무림맹의 눈 밖에 날까 봐 걱정해 주는 것으로 생각했다.

무생을 지지하는 무림인들은 그 자리에 서서 두 눈을 감고 주먹을 불끈 쥘 수밖에 없었다.

무생은 고개를 설레 젓고는 마련된 연무장으로 향했다. 연무장은 급조된 것 치고는 상당히 좋았다. 무림맹이 막대한 자금을 풀어 순식간에 지은 것이었고 그동안 실추된 무림맹의 체면을 세우기 위해 많은 자리를 마련했다.

"와아아아아!!"

"염마대제가 나타났다!!"

무생이 연무장에 들어서자 연무장 근처에 있던 자들이 먼저 소리쳤고 연무장의 객석에 자리 잡은 무림인들은 저마다 일어나 무생을 바라보았다.

'한가한 자들이 많나 보군.'

무생은 무림인들이 이렇게나 할 짓이 없는 사람들인가 하고 진지하게 생각해 보았다. 그런 무생의 생각과 달리 이곳에 몰려든 무림인들은 다들 무림맹의 인물들을 구경하느라 정신이 없었다.

구파일방의 원로들과 그들의 자존심이라 할 수 있는 전력이 모두 이곳에 몰려 있다. 그들을 구경조차 하기 힘든 변방의 무림인이다 보니 어쩌면 당연한 현상이었다.

더군다나 그 대상이 염마대제이니 더욱 그랬다. 천하십제의 한자리를 당당히 차지하며 많은 전설을 만들어낸 염마대제는 모든 무림인의 관심사였다.

무생이 천천히 연무장 근처까지 오자 주위에 정적이 깔렸다. 무생은 그들을 신경조차 쓰지 않고 한쪽에 마련된 자리로 갔다.

무생의 맞은편에는 무림맹주를 중심으로 구파일방의 원로격들이 앉아 있었고 그 뒤에는 그들이 천무형을 위해 데려온 각 문파의 주요전력이 서 있었다.

무생은 천하삼절이라 불리는 모용준을 찾기 위해 그들을 살펴보았다. 하나 무신이라 불릴 만한 인물은 그의 눈에 띄지 않았다. 가운데에 앉아 있는 사내만이 무생과 눈이 마주치자

비릿한 웃음을 머금을 뿐이었다.

'아직 오지 않은 건가?'

무생은 그렇게 생각했다. 선계에서 신선놀음을 하다가 늦은 것일 수도 있다고 상상하는 자신을 발견하자 고개를 설레내저었다.

무생이 그러고 있을 때 가운데에 앉아 있던 무림맹주 모용준이 그 자리에서 공중으로 날아올라 허공을 밟으며 연무장의 한가운데로 내려왔다.

"허공답보!"

"저 거리에서 허공답보를 하다니! 대단한 공력이다!"

"과연 천하삼절, 절대신검 모용준!"

무생은 모용준을 바라보고 있지 않다가 천하삼절 절대신검 모용준이라는 말이 들리자 천천히 고개를 돌려 모용준을 바라보았다.

모용준을 바라보는 무생의 눈빛에는 오직 의아함만이 자리 잡고 있을 뿐이었다.

第十一章

별것 아니었다

무생록

모용준은 무생이 나타나자 들끓는 분노를 자제할 수 없었다. 왜인지 요즘 기억이 드문드문했지만 그것을 신경 쓰지 않았다.

평소와 다른 점이 있다면 제갈미현의 말을 따르고 싶을 뿐이었고 그저 노리개로 생각했던 그녀가 소중하게 느껴지는 정도였다.

지금은 그런 것보다 저 염마대제라는 자를 찢어 죽이고 싶은 마음이 더 컸다. 떠오르는 영웅인 염마대제를 밟아버리고 자신을 부각시켜야 했다. 그것은 최근 실추된 무림맹을 회복시키는 데 중요한 것이었다.

모용준은 고명한 신법으로 자리를 박차며 허공답보의 수법으로 연무장으로 내려왔다. 과시용으로 내력을 과하게 사용하기는 했지만 모든 진기의 유통이 자유롭고 넘치는 현경의 수준을 밟고 있기에 전혀 부담스럽지 않았다.

모용준은 염마대제에게 향했던 시선이 다시 자신에게 모이자 만족하며 내력을 끌어올렸다.

"백도무림을 이끌어가는 영웅호걸 여러분! 반갑소! 본인이 바로 무림맹주 모용준이오!"

벼락을 닮은 듯한 사자후가 연무장 구석구석 울려 퍼졌다. 무림인들은 모용준의 심후한 내력에 감탄할 수밖에 없었다.

사자후를 외치는 모용준의 모습은 누가 보더라도 백도무림을 이끌어가는 협과 의를 중요시하는 수장의 모습이었다.

한 치의 흐트러짐도 없는 모습은 무림인들의 존경심을 불러일으켰다.

"얼마 전, 남궁세가는 금기로 알려진 혈마존의 비급을 손에 넣어 전 무림을 혼란으로 몰고 가려 했소! 무림금기로 부귀영화를 꿈꾸다니 이는 무림공적으로 지정되어도 할 말이 없는 사안이오!"

모용준의 말에 무림인들이 술렁이기 시작했다. 남궁세가를 공식적으로 거론한 것은 이번이 처음이었기 때문이다. 남궁세가가 몰락했을 때 소리 없이 그 사실이 표면으로 드러나지 않았고, 대략적인 사정만 소문으로 퍼졌을 뿐이었다.

혈마존의 비급이 거론되자 많은 무림인들이 자연스럽게 합비뿐만 아니라 전 무림을 혼란으로 몰고 간 혈마인을 떠올렸다.

"최근 합비에서 일어난 모든 사건이 남궁소연과 관련이 있음은 부인하지 못할 것이오!"

"옳소!"

"맹주님의 말씀이 옳습니다! 저 가증스러운 여자가 혈마인을 만든 것이 분명합니다!"

무림맹의 눈치를 보던 무림인들이 그렇게 외치며 자리에서 일어났다.

"하지만 명확한 증거가 없고 천하십제의 일인인 염제가 보호하고 있으니, 무림맹의 관대한 자비로 무로서 하늘의 뜻임을 증명한다면 남궁소연의 죄만은 사면해 줄 것을 결정하였소!"

모용준은 비릿한 웃음을 지으며 남궁소연을 바라보았다. 남궁소연의 미색은 가히 고금제일이라 칭해도 무리가 없었다. 현경에 들어 확고한 부동심이 생겼지만 요즘 들어 음욕이 치솟는 기이한 현상을 겪고 있는 모용준이었다. 마치 선천지기에 탁기가 섞여 들어간 듯 말이다.

"염제는 혈마인과 관계없는 백도무림의 인원임을 스스로 인정해야 할 것이오! 이 자리에서 잘못을 인정하고 사죄한다면 단전을 폐하는 것으로 그칠 것이오!"

모용준이 무생을 가리키며 말하자 모든 자들의 시선이 무생에게로 옮겨졌다. 무생은 여전히 무표정으로 모용준을 주시하고 있었다. 모용준이 도저히 무로서 신의 반열에 든 자로는 보이지 않았기 때문이다.

"나는 백도무림을 모른다."

"저런!"

"저런 광오한!!"

무생의 말에 격분하는 무림인들이 있었다. 그들 중에는 자리를 박차며 노골적으로 살기를 뿜어내는 자들도 존재했다. 하나 무생은 그런 것 따위는 전혀 신경 쓰지 않았다. 지금 신경 쓰고 있는 것은 오로지 저 모용준이라는 천하삼검이었다.

'숨겨놓은 무언가가 있는 건가?'

무생은 그렇게 생각하며 모용준을 관찰할 뿐이었다. 모용준은 무생이 광오한 말을 하자 잘되었다는 듯 기분 좋은 미소를 지었다.

"저것 보시오! 영웅으로 이름 높던 염제가 남궁소연의 술수에 빠져 심마에 빠진 것이 분명하오! 때문에 염제의 모든 무공을 똑똑히 보아 심마를 몰아낼 것이오!"

"와아아아!"

"절대신검 만세!!"

"만세!"

무생이 관찰한 모용준은 확실히 독제나 취화선인보다 강해 보이기는 했다. 하지만 독제나 취화선인을 삼류무사와 별다른 차이가 없다고 여기는 무생으로서는 어차피 동일 선상에 놓았을 뿐이다.

무생은 점차 기대감이 사라지며 무언가가 싸늘하게 굳는 것을 느꼈다. 무생은 모용준에게 시선을 떼어 남궁소연을 바라보았다. 무생의 극도로 시린 눈빛을 보자 남궁소연은 몸을 흠칫 떨며 아무 생각도 할 수 없었다.

그녀가 느끼는 것은 오로지 전신을 집어삼키는 두려움이었다.

"여기에 있거라."

남궁소연이 말에 반응하기도 전에 무생은 걸음을 옮겼다. 무생이 더 기다릴 것도 없다는 듯 천천히 연무장 위로 오른 것이다.

무생이 연무장으로 올라와 모용준의 앞으로 다가가자 무생을 비난하던 목소리가 점차 사라졌다. 자연스럽게 내뿜어지는 무생의 존재감이 그들의 입을 막은 것이다. 왠지 모를 차가움이 그들의 전신을 휘감는 듯했다.

모용준의 앞에 무생이 섰다.

"염제, 얼굴을 보는 것은 처음이군."

모용준이 기세를 일으키며 여유로운 표정으로 무생에게
말했다.

"네가 천하삼절인가?"

"내 이름을 듣고도 태연하게 내 앞에 서다니 실력에 자신
이 있는 건가, 아니면 멍청한 건가."

무생 말에 모용준은 무생에게만 들릴 만한 목소리로 말했
다. 무생은 잠시 침묵을 지키며 모용준을 바라보았다. 무생으
로서는 도저히 모용준의 특출 난 점을 찾을 수 없었다.

"너 따위가 천하삼절인가?"

"…네놈……! 감히 백도무림의 수장인 나를 모욕하다니!"

모용준이 내력을 끌어올리자 연무장 바닥이 갈라졌다. 모
용준의 중후한 내공에 무림인들이 술렁거렸다. 하지만 무생
은 그 자리에 가만히 서서 모용준을 바라볼 뿐이었다.

"다시 묻지. 네놈이 천하삼절인가?"

모용준은 무생의 차가운 시선에 인상을 구겼다가 내기를
진정시켰다. 자신이 나서는 것은 마지막이 되어야 했다. 이
버르장머리 없는 염제를 곤죽으로 만들어놓고 자신에게 살려
달라고 빌게 해야만 했다.

모용준은 무생의 말에 대답하지 않고 인자한 미소를 꾸며

지으며 다시 목소리에 내공을 담았다.

"그럼, 염제. 그대의 진실함을 무로서 증명하시오."

그렇게 말한 모용준은 다시 날아 허공을 박차고 맹주석에 자리 잡았다. 극에 이른 현묘한 신법은 많은 무림인들의 탄성을 자아내게 했다. 그에 비해 염마대제 무생은 그 어느 것도 보여주지 않았기에 무림인들은 모용준을 지지하는 목소리를 연이어 내뱉었다.

제아무리 천하십제라도 천하삼절의 명성에는 미치지 못했고, 게다가 천무형을 당하니 회생할 길이 없어 보이는 까닭이다. 무림맹에 잘 보여 연을 잇는다면 자신에게 큰 이익이 생길 수도 있으니 그럴 만도 했다.

백도무림은 협을 숭상하는 정의로운 무인들도 많았지만 그만큼 속물들도 상당했다.

'과연⋯⋯.'

무생은 그 자리에 우뚝 서서 모용준을 노려보았다. 그러고는 긴 숨을 내쉬었다. 무생의 숨결은 왜인지 하얀 김이 새어 나왔다. 작은 기대였지만 그것이 눈앞에서 사라지자 허무함만이 자리 잡던 감정이 싸늘하게 얼어버린 것이다.

"한두 번 겪은 일도 아니지 않는가."

무생은 천천히 고개를 들어 하늘을 바라보았다.

"하지만 여전히 기분 나쁘군."

무생의 기분이 급속도로 나빠졌다. 언제나 자리 잡고 있던 허무함이 사라지고 점차 그런 기분으로 채워지고 있는 것이다.

득도촌에서 무생은 작은 감정 변화를 보이기는 했지만 허무함에서 비롯된 감정이었고, 무림에 나와 처음으로 기나긴 세월을 겪는 동안 없어졌다고 생각한 분노를 느꼈다.

그리고 지금은 분노를 넘어선 무언가가 무생의 전신을 타고 흐르기 시작했다. 무생의 바뀐 기세에 당황한 것은 무림맹 쪽이었다.

"그럼 천무형을 시작하도록 하겠습니다."

제갈미현이 그렇게 말하자 먼저 무당의 원로들이 모습을 드러냈다. 무당의 원로들은 의선보다는 후배였지만 대부분 무림백천에 들고 있고, 그중 태극신검이라 불리는 도예천은 차기 천하십제로 인정받고 있었다.

태극신검과 일곱의 무인이 연무장에 올라 무생과 일정 거리를 벌리며 섰다.

천무형의 무서운 점은 공정한 비무가 아니란 점이었다. 천무형을 당하는 무인의 무공을 모두 밑바닥까지 파야 했기에 끝없이 한계를 시험받아야만 했다.

무당파의 제자들이 모두 자세를 잡았다. 무생은 아무런 자세를 취하지 않고 그들을 바라보았다. 도예천은 무생의 그런 모습에 눈썹을 찌푸렸다.

그 누가 무당파의 태극신검과 무당검수들을 눈앞에 두고 이런 여유를 부릴 수 있겠는가! 그들의 눈에는 무생의 여유가 오만으로 비춰졌다.

무생의 싸늘한 눈에는 무당파의 무인들이 비치고 있지 않았다.

"정의가 살아 있음을 무당파가 증명할 것이오!"

도예천이 호기롭게 말하며 검을 뽑아 들자 무당검수들도 도예천을 따라 검을 뽑았다. 도예천은 무당의 일대제자였고 무당검수들은 무당파의 주요전력으로 인정받는 실력자들이었다.

무림백천에 당당히 이름을 올리고 있는 것만 봐도 알 수 있는 대목이었다.

무당검수들이 무서운 점은 욕심을 버리고 오직 무에만 매진한다는 점이었다. 욕심을 버리고 나서야 검을 들 수 있었다.

무생의 눈에 드디어 도예천과 무당검수들의 모습이 담겼다. 그 어떤 자그마한 흥미조차 떠오르지 않았다.

"부족하군."

하지만 그들의 경지가 어찌 되었든 한참 부족한 것은 어쩔 수 없었다. 화경이나 현경을 이루어 태극의 의미를 깨달아도 말이다.

천하삼절 중 일절이라 평가받는 무당파의 장문인이 나선다고 해도 무생은 분명 부족하다고 말할 것이다.

"가겠소."

천하십제라도 그에 준하는 도예천과 한몸처럼 움직이는 일곱의 무당검수를 당해낼 수 없다. 도예천은 그래도 천하십제에 오른 무인에 대한 예의로 선공을 하겠다고 선언했다.

도예천이 선공을 선언했음에도 무생은 여전히 변동이 없었다. 아니, 바뀐 것이 있다면 싸늘하게 내려앉은 눈빛이었다. 무생은 좋지 못한 기분으로 도예천과 무당검수들을 바라보았다.

도예천은 알 수 없는 섬뜩함을 느낀 순간, 그것을 인정하기 싫다는 듯 신법을 전개하며 이형환위의 수법으로 무생에게 달려들었다.

평소의 무생이라면 저들이 모든 것을 펼칠 수 있게 가만히 맞고 있다가 마지막쯤에 주먹을 뻗을 것이다. 하지만 지금 무생은 평소의 무생이 아니었다.

쉬이익!

도예천의 검강이 서린 검이 기이한 원을 그리며 무생에게 쏟아지듯 빨려 들어갔다. 무당검수들은 빠르게 진을 형성해 무생의 신법을 예상하며 움직임을 봉쇄하려 했다.

도예천은 무생이 방어초식을 전개해 방어하더라도 신법이 봉해졌으니 금방 수세에 몰릴 것이라 생각했다. 그 뒤는 심마에 든 것인지 확인하게 위해 철저하게 극한으로 밀어붙여야 했다.

턱!

하지만 안타깝게도 도예천의 모든 생각이 무생의 한 수에 의해 막히고 말았다. 현묘한 변화를 담고 있는 도예천의 검을 간단히 손을 올려 맨 손으로 잡은 것이다.

"무슨……?! 맨손으로?"

검강은 무생의 손을 결코 뚫지 못했다. 도예천이 검을 빼보려 해봐도 요지부동이었다. 도예천은 말도 안 되는 상황에 살짝 정신이 멍해졌다.

"시시하군."

무생은 나지막하게 말했다. 무생의 말이 도예천의 귀에 들려오는 순간 도예천은 심장이 내려앉는 듯한 두려움을 느꼈다.

'현경에 든 내가 어째서……?'

그런 의문은 오래가지 않았다. 무생이 드디어 움직였기 때문이다. 무생은 검을 쥔 손에 힘을 주었다.

쨍그랑!

검이 간단히 박살 나며 주변으로 날리었다. 무생은 뒤로 물러나려는 도예천의 목을 붙잡았다.

"커억!"

일곱의 무당검수는 당황하며 대응조차 못하고 주변을 맴돌 뿐이었다. 신법의 봉쇄이니 진법의 운영이니 하는 것은 이미 소용없다는 것을 그들 역시 잘 알고 있었다.

"이런 시시한 것들이 무림맹이라고?"

무생의 손에 들린 도예천의 몸이 부들부들 떨렸다. 이미 현경에 도달해 육체를 관조하는 경지에 이르러 육체적인 고통은 아무것도 아니었지만 무생에게 느끼는 두려움은 그것을 초월하는 것이었다.

앞으로 벌어질 모든 것이 두렵기만 했다.

무생은 손을 놓음과 동시에 주먹을 뻗었다. 천무권이 드디어 모습을 드러낸 것이다.

콰아아아!!

파천권장이 도예천의 몸에 닿자 갈라지는 바닥과 함께 도예천의 몸이 크게 날아 연무장 밖까지 날아갔다. 벽에 부딪히고 나서야 겨우 멈춰 설 수 있었다.

순간, 정적이 일었다. 모든 무림인들이 경악에 빠졌다. 이런 압도적인 모습을 보여줄 수 있다는 것 자체가 그들에게는 충격이었다.

거기서 끝난 것이 아니었다. 무생이 진각을 밟자 일곱의 무당검수가 비틀거렸다. 뿜어져 나온 막대한 선천지기가 바닥을 울렁이게 만들었고 무당검수들이 간신히 균형을 잡으며 자세를 재정비하려 했다.

천무권 파천연환권장(破天連環拳掌).

무생은 저들을 결코 가만히 놔두지 않았다. 그들이 구파일방이든 뭐든 그것은 중요하지 않았다. 지금 가장 중요한 것은 짜증이 생길 정도로 기분이 나쁘다는 사실이었다.

콰가가가가!

"크아악!"

"커억!"

그들은 무생의 모습이 보이지도 않았다. 거대한 파도 같은 황금빛이 호신강기를 무참하게 부수고 그들의 전신 혈맥에 있는 모든 내공을 날려 버린 것이다. 그와 동시에 정신을 잃고 도예천과 같은 꼴이 되었다.

"이게 전부인가?"

무생은 모용준을 보며 말했다. 무림맹 쪽에서도 말도 안 되는 무생의 무위에 경악을 머금고 있었다. 참관인으로 참여한 구파일방의 원로들은 더더욱 그랬다. 그들도 방금 전 저 권장을 막아낼 수 있을지가 의문이었기 때문이다.

무생의 말이 울려 퍼졌음에도 여전히 조용하기만 했다. 아직 충격에서 벗어나지 못한 탓이다.

"와아아아!"

"대, 대단하다!"

상황을 깨달은 무림인들이 환호하기 시작했다. 지금 무생의 모습은 그야말로 절대 강자를 보는 듯했다. 화산의 인물들은 그 모습에 작게 고개를 끄덕일 뿐이었다.

화산은 애초부터 천무형을 반대했고 참여하지 않는다고 선언했다. 사천당문과 하북팽가 역시 참여하지 않았고, 개방과 소림은 신중한 입장을 취하고 있었다.

특히 하북팽가 같은 경우에는 아예 무림맹과 척을 지려고 하고 있었다.

은원을 중요시하는 하북팽가는 무생을 결코 외면할 수 없었다. 때문에 사천당문과 마찬가지로 합비로 그 어떤 사람도 보내지 않았다.

하지만 다른 오대세가나 구파일방들의 전력이 참여하니 무림맹주 모용천은 큰 신경을 쓰지 않았다. 구파일방이 모두가 참여하는 것이 본래부터 힘든 일이었고, 무당파만 보더라도 개인이 결코 감당할 수 있는 수준이 아니었다.

모용천은 염제가 천하십제에 들기는 했지만 무당파의 벽을 넘지 못할 것이라 생각했었다. 도예천은 마흔을 넘기지 않는 나이로 현경에 오른 무당이 자랑하는 검이었고, 화경의 극에 달한 일곱의 무당검수와 합격한다면 천하삼절이라도 쉽게 볼 수 없었기 때문이다.

"대단한 무위이오!"

소림의 혜광 대사가 자리에서 벌떡 일어나며 그렇게 말했다. 혜광 대사는 주로 소림의 외적인 일을 전적으로 맡고 있었다.

소림방장은 무림맹주조차 얼굴을 보기 힘들었다. 이번에 천무형이 행해진다고 해서 백도무림의 기둥으로서 혜광 대사를 직접 보낸 것이다.

혜광 대사가 자리에서 일어나자 무림인들의 시선이 쏠렸다. 소림이 참여하기는 했으나 천무형의 참여가 불확실했는데 혜광 대사가 나서니 무림맹 쪽에서는 고개를 끄덕이며 안심하는 표정을 지었다.

혜광 대사가 이끌고 온 자들은 소림에서도 특별히 선출된 나한들이었다. 나한진의 정수를 몸으로 체득한 자들이었고 불심도 깊어 몸을 내던지는데 주저함이 없는 소림의 자랑이었다.

비록 백팔의 나한들을 모두 데려오지는 않았지만 혜광 대사와 서른이 넘는 나한은 그 누구도 당해낼 수 없을 것이다.

"염제께 묻겠소. 천무형을 이겨내실 생각이오?"

무생은 고개를 저었다. 무림인들은 역시나 하는 소리를 내뱉으며 고개를 끄덕였다. 방금 전 절대 강자의 모습을 보인 염마대제도 천무형을 이겨내지 못하리라 인정하고 있다고 생각한 것이다. 하지만 무생의 대답은 달랐다.

"쓸데없으니 없애 버릴 생각이다."

"무슨!!"

무생의 말이 모든 이들을 진동시켰다. 연무장에 홀로 서 있는 염마대제가 무림 역사상 그 누구도 통과하지 못한 천무형을 이겨내는 것이 아니라 아예 없애 버린다고 말하고 있는 것이다.

혜광 대사가 바라보는 무생의 눈빛에는 결코 거짓이 없었다.

'그 끝을 알 수 없는 자로다.'

혜광 대사는 그렇게 생각하며 단 한 번도 느낀 적이 없는 긴장감을 느꼈다. 하지만 소림의 무공을 믿고 있었다. 무림인이라면 사악한 것들을 제압하는 데 가장 뛰어난 무공이라면 역시 소림을 꼽는 것을 주저하지 않을 터이다.

혜광 대사 본인 스스로도 천하삼절을 노려볼 만한 무위를 지니고 있었다.

"무림공적을 보호하는 이유가 정녕 심마 때문이오? 혈마인을 막은 염제께서도 남궁소연과 혈마인이 관계가 있음을 부정치 않을 것일진대……."

"차라리 혈마인이라는 것들이 더 가치 있어 보이는군. 그
자들은 그래도 흥미라도 있었다."

무생과 혜광 대사의 눈이 마주쳤다. 혜광 대사는 표정을 굳
히며 신음을 내뱉었다. 무생의 눈빛은 결코 심마에 빠진 눈빛
이 아니었다. 혜광 대사의 깊은 혜안으로 볼 때 무생은 이미
심마 그 자체였다. 그것이 너무 커서 존재 자체를 삼켜 버릴
듯했다.

혜광 대사의 정신이 아찔해졌다. 혜광 대사는 눈을 감았다
뜨며 부동심을 유지했다. 하지만 혜광 대사의 긴 흰 수염이
조금씩 떨리고 있었다.

눈앞에 있는 자가 품고 있는 것은 혜광 대사로서도 가늠하
기 힘든 마였다.

"마를 넘어선 것인가?'

그런 거대한 것을 품고도 태연한 무생이 혜광 대사는 점차
두려워지기 시작했다.

"너희의 가치를 증명해 봐라."

무생에게는 혈마인이든 다른 무인이든 뭐든 상관없었다.

천하삼절이 자신을 실망시킨 이상 천무형을 박살 내고 무
림맹주를 부숴 버릴 생각이었다. 쓸모없는 것들을 부수는 것
은 늘 해왔던, 그리고 가장 잘하는 일들 중 하나였다.

무생은 더 이상 선천지기를 억누르지 않았다. 터져 나오는 그 어떤 기분을 막지 않았다. 쏟아져 나오는 세월의 무게는 그 누구도 감당할 수 없는 것이었다.

득도촌 노인들은 구십 년 동안 무생에게 무언가를 알려주기 위해 열심이었다. 그것은 안정과 절제, 그리고 감당할 수 있는 욕망이었다.

그것은 어쩌면 무생의 허무함밖에 없는 마음이 뒤집어졌을 때 그가 자신을 막아서기 위해 알아야 할 감정들이었다.

콰아아아!!

무생의 선천지기가 주변의 지면을 갈아버렸다. 혜광 대사는 공중을 밟으며 무생의 앞을 막아섰다.

소림의 모든 무학을 정립했다고 알려진 혜광 대사가 드디어 무공을 드러내려 하는 것이다.

혜광 대사는 달마대선공(達磨大禪功)을 극성으로 익히고 금강불괴신공(金剛不壞神功)을 대성했고, 모든 권법에 정통해 백보신권을 한층 새로운 경지로 이끌었다 사실이 소문으로만 전해질 뿐이었다.

"나한진을 펼쳐라!"

혜광 대사가 사자후로 그렇게 외침과 동시에 십팔나한진이 펼쳐졌다. 나한진은 역사상 한 번도 무너지지 않은 소림의 진법이니만큼 제아무리 엄청난 신위를 보이는 염마대제라도 당해낼 수 없다고 생각했다.

혜광 대사가 펼쳐진 나한진 안에서 무생과 마주보며 섰다.

"염제가 무림의 재앙이 될 것을 오늘 확인했소."

"재앙이라……."

무생은 혜광선인의 재앙이라는 말에 입꼬리가 살짝 올라갔다. 과연 혜광선인이라는 중이 보아온 재앙은 어떤 것일까?

무생은 그렇게 생각했다. 무생은 무수한 세월을 견디면서 모든 재앙을 직접 보고 듣고 견뎌냈다.

자연으로 인한 재앙, 그리고 사람이 만든 재앙까지 어느 하나 겪어보지 않은 것이 없었다. 자신의 눈앞에 있는 중은 재앙이 무엇을 뜻하는 것인지 모를 것이라 생각했다.

"재앙을 막겠다고?"

무생은 혜광 대사를 보며 그렇게 말했다.

나한진으로 인한 기운의 압박 속에서 무생은 태연하기만 했다. 진정한 재앙은 막는다고 막아지는 것이 아니다. 알고도 못 막는 것이 재앙이었다.

무생의 선천지기가 더욱 거세게 일렁이며 모습을 드러내기 시작했다.

"크, 크윽!"

"나한진이……!"

무생의 주위로 일렁이기 시작한 황금빛 기운이 살기를 품자 나한진이 급격히 흔들리기 시작한 것이다. 소림의 최고 제자라 일컬어지는 나한들은 두려움을 느끼기 시작했다.

"갈! 심마에 대항하라!"

혜광선인의 말에 마음을 다잡으려고 해봤지만 그것을 무생이 가만히 두지 않았다.

"슬슬 지겹군."

무생의 신형이 움직이기 시작했다. 무생의 움직임은 나한진으로도 억누를 수 없었다. 십팔나한진이 아닌 백팔나한진이라 하더라도 무생을 결코 막아낼 수 없을 것이다.

무적수라보가 펼쳐졌다.

쾌가가가!

무생이 어느 순간 사라지더니 나한들 앞에 나타났다. 주변의 모든 것을 박살 내버리며 나타났다. 너무나 빨라 무생이 나타나고 나서 무생의 모습을 인지한 지면이 일그러지고 먼지가 날릴 정도였다.

무생이 나타나자 나한들의 허리가 꺾이며 하늘로 솟구쳤다.

"허억!!"

"빈자리를 막아라!"

무생이 주먹을 휘두를 필요조차 없었다. 무적수라보의 위력이 앞에 나타나는 것만으로 소림의 고수라 일컬어지는 나한들을 공중으로 튕겨내는 것이다.

무적수라보가 내뿜는 기운은 호신강기 따위가 막아설 수 있는 것이 아니었다. 그것은 마치 하늘에서 떨어지는 유성과도 같았다.

무생이 나타날 때마다 연무장이 박살 났고 나한들이 튕겨져 나갔다. 혜광 대사는 눈을 부릅뜨며 나한진이 무너지는 광경을 바라보았다.

"나한진이······!"

무림 역사상 깨진 적이 없는 나한진이 박살 나고 있었다. 그것도 대항조차 하지 못하고 말이다.

소림의 나한진이 무너지는 광경은 무림맹 진영은 물론이고 지켜보는 전 무림인들을 충격으로 빠져들게 만들었다.

무생의 모습이 혜광 대사의 눈에 성난 파도처럼 느껴졌다. 그 파도가 주변을 휩쓸어 버리며 자신의 앞까지 당도했다.

"소림은 무너질 수 없다!"

혜광 대사는 사자후가 울려 퍼졌다. 백도무림의 기둥으로 존재하는 소림을 담고 있는 목소리였다. 그것은 무너지지 않은 역사였고 긍지이기도 했다.

하지만 소림도 사람이 세운 것이었고 그들이 원하는 열반의 경지도 결국 사람이 이루는 것이었다. 그런 것으로는 재앙을 막을 수는 없다.

혜광 대사는 강하게 진각을 밟으며 주먹을 뻗었다. 그가 한 차원 높은 경지로 끌어올린 백보신권이 펼쳐진 것이다. 백 가지 변화를 한 번의 내지름에 쏟아부었고 그것은 사악한 무리들을 멸하는 구제의 권법이 되었다.

혜광 대사의 심후한 내력과 만나 불광을 머금은 권강이 뿜어져 나갔다. 그것이 바로 무생이 다가오는 순간이었다. 재앙과도 같은 기세를 소림의 권법으로 맞서려 한 것이다.

그것은 숭고한 정신으로 보였다.

무생의 무적수라보의 기세와 혜광 대사의 모든 것을 담은 백보신권이 격돌했다. 그것은 내공의 부딪힘 이전에 그것을 뛰어넘는 정신의 격돌이었다.

밖에서 바라보자면 소림의 기세와 무생의 기세가 부딪히면서 뿜어져 나오는 유형화된 기운은 제법 아름다워 보이는 격돌이었다. 하지만 그 결과는 그렇지 못했다.

소림의 기세를 담은 권장이 무적수라보를 펼치는 무생과 닿았다.

콰아아아아아!!

연무장이 무생을 중심으로 원형으로 일그러졌다. 그 자리에 멈춰 있는 것은 오로지 무생뿐이었다.

"저, 저럴 수가!"

"소림이!"

혜광 대사의 신형은 뒤로 크게 밀려나 있었다. 넘어지지는
않았지만 지면에 다리를 박고 간신히 서 있을 뿐이었다. 주변
의 처참한 모습과는 달리 혜광 대사는 처음과 같은 모습이었
다. 입가에 피가 흐르고 있음에도 평안해 보였다.

무생의 선천지기는 소림과 큰 반발을 만들어내지 않았다.
덕분에 내상을 입기는 했지만 당분간 내공의 운용할 수 없는
것 외에는 큰 상처가 없는 것이었다.

"마를 짊어질 수 있는 이유가 있었구려. 아미타불……."

혜광 대사가 그렇게 말하자 나한들이 갈대처럼 바닥에 쓰
러졌다. 혜광 대사의 신형이 앞으로 기울었다. 무생은 쓰러지
는 혜광 대사를 바라보지 않았다.

오로지 경악으로 물든 무림맹 진영을 바라볼 뿐이었다.

"이번엔 내가 가도록 하지."

이미 연무장이라 부르기에는 무리가 있어보였다. 무생이
선언하듯 그렇게 말하며 무림맹주 모용준을 바라보았다.

第十二章

박살 내다

무생록

합비의 연무장은 단 두 번의 싸움이 일어났을 뿐인데도 이미 형태를 알아볼 수 없게 변했고 정막만이 가득하게 깔렸다.

염마대제의 앞에 나왔던 모든 고수들은 운신하지 못할 정도로 처참하게 당해 버렸다. 무당과 소림의 중심축이라 일컬어지는 고수들이 허무하게 무너진 것이다.

그것은 곧 염마대제에 의해 백도무림의 기둥이 기울었다는 표현이 옳을 것이다.

아직 천무형은 끝난 것이 아니지만 무당과 소림이 허무하게 당해 버린 시점에서 무림맹의 기세는 땅으로 꺼졌다.

백도무림뿐만 아니라 은밀하게 참관하고 있는 사파연합, 그리고 마교 역시 자신들의 임무를 잊은 채 넋을 잃고 말았다.

염마대제가 너무나 압도적으로 이겨 버리니 정파와 사파 가릴 것 없이 모두 넋이 나가 버린 것이다. 무림맹주 모용준이 벌떡 일어나며 눈을 부릅뜰 정도니 모두가 그런 반응을 보이는 것은 당연했다.

"나한진이……."

"어떻게 당한 거야? 보였어?"

"도대체 무슨 무공이지?"

화경에 들어야 발을 딛을 수 있다는 무림백천도 무언가 느낄 겨를도 없이 당해 버린 것이니 참관하러 온 무림인들이 이해를 하지 못하는 것은 당연했다.

무림맹 진영 쪽에 앉아 있던 의선은 두 눈을 감으며 신음성을 흘렸다. 개방의 대표 자격으로 참여한 취화선인은 조용히 고개를 끄덕일 뿐이었다.

무당과 소림이 반항조차 하지 못하고 당해 버린 이상 천무형은 끝난 것과 다름없었다. 각 문파별로 참여하는 것이기에 소림, 무당과 맞먹는 전력은 그 자리에 존재하지 않았다.

점창파나 종남파는 아무래도 소림이나 무당에 비해 손색이 있었고 아미파는 많은 제자들을 보내지 않았다.

화산은 참여하지 않았고 사천당문과 하북팽가가 빠지니 무림맹 진영에서는 무생과 대적할 수 있다고 여겨지는 자는 단 한 명뿐이었다.

그것은 천하제일가의 가주이자 천하삼절에 위치해 있는 모용준이었다.

명실상부한 백도무림의 최고 지존 절대신검 모용준.

그가 과연 무생을 멈추게 할 수 있을까?

터벅, 터벅

무생이 천천히 부서진 연무장을 가로질러 모용준 쪽으로 걸어갔다. 다가오는 상대가 단 한 명임에도 불구하고 모두 강한 압박감을 느꼈다. 자신들은 구파일방의 정예 고수들인데도 말이다.

무생의 압도적인 모습을 본 순간 그들은 스스로 그것을 잊어버렸다. 스스로가 약자라 생각한 순간 천무형은 이루어질 수 없는 것이었다.

"마, 막아!"

"막아랏!"

무생은 벌떡 일어나며 허겁지겁 신법을 전개해 앞으로 튀어나온 무림인들을 바라보며 걸음을 멈추었다.

이들 모두를 상대하는 것은 결코 어렵지 않았다. 저들은 무생에게 그 어떤 피해도 줄 수 없었고, 무생은 저들을 쓸어버릴 힘을 지니고 있었다.

무생록의 일 단계를 극성으로 개방하는 것만으로도 눈앞에 있는 모든 무림인을 쓸어버릴 수 있을 것이다. 숫자가 많든 적든 그것은 중요하지 않았다. 천하십제이든 무림백천이든 그것 역시 중요하지 않았다.

무생에게 상처라도 입힐 수 없다면 시장잡배나 무림고수나 똑같은 취급을 받게 될 것이다.

이 단계를 펼친다면 정파나 사파, 그런 것을 따질 겨를도 없이 모든 대상이 살아남을 수 없다.

"천무형이라고? 무로서 하늘의 뜻을 알게 한다고? 웃기고 앉아 있군."

무생을 하늘의 잣대로 판단한다는 것 자체가 문제였다. 무생의 존재야말로 그 뜻을 거느리는 역천이었다.

벽처럼 막아선 무림인들을 바라보며 무생이 중얼거리듯 말했다. 작게 말했음에도 모두의 귀에 너무나 똑똑히 들렸다. 살기도 담기지 않은 목소리였지만 고수나 하수 할 것 없이 모두의 몸에 소름이 돋았다.

"여기서 박살 나는 것도 하늘의 뜻이겠지."

무생이 내뿜는 위압감이 연무장을 내리눌렀다. 일 단계에 해당하는 모든 것을 개방한 것이다.

무생의 앞을 막아서던 무림인들이 주춤거렸다. 무생이 움직인 것은 바로 그 순간이었다.

콰아앙!!

무생의 신형이 순식간에 사라졌다. 무생이 지나간 지면은 박살 나며 갈라졌고 그들의 눈에는 그 광경밖에 들어오지 않았다.

무생록(無生錄) 일식(一式).

무생은 선천지기를 체계적으로 사용하는 방법을 체득했다. 토납법이나 운공법의 개념을 초월하는 무생만의 신공(神功)이라 표현할 수 있었다.

어느새 그들의 지척까지 나타난 무생은 천무권을 본격적으로 펼치기 시작했다.

천무권은 제법 무공으로서 구색이 맞춰지는 느낌이었다. 처음부터 형(形)으로부터 자유로웠던 권법이니 쓰임에 있어서 그 어느 권법보다 빨랐고 무엇이든 담을 수 있었다.

천무권 파천권장(破天拳掌).

폭사되는 선천지기 아래에서 파천권장이 모습을 드러냈다. 무생이 진심으로 펼친 파천권장은 가히 하늘을 무너뜨릴 만한 위력을 품은 듯했다.

콰가가!!

이미 그것은 권장이라 표현하기에는 무리가 있었다. 무적수라보의 반동과 파천권장의 위력이 합쳐져 정면의 모든 것을 그대로 쓸어버렸다.

마치 거대한 용오름이 지면의 모든 것을 빨아올리는 듯한 모습이었다.

"커어억!"

"이럴 수가!!"

파천권장에 휩쓸린 자들은 모조리 하늘로 튕겨 올랐다가 비처럼 떨어져 바닥을 뒹굴었다. 구파일방이나 오대세가, 또는 다른 명문정파의 무인들의 구별은 필요치 않았다. 처참하게 쓰러지는 것은 그들 모두에게 평등했다.

파천권장의 위력은 강기를 넘어섰고 호신강기를 두른다고 해서 막아지는 성질의 것이 아니었다. 혈맥을 뒤흔들고 반발하는 단전의 내공을 증발시키며 그 자리에 마치 주인처럼 자리 잡아 당분간 내공을 못 쓰게 만들었다.

그나마 정순한 무공을 익혀 폐인이 되지 않은 것이 다행이었다. 아니, 개중에는 피를 토하며 몸을 부르르 떨다가 졸도하는 이들도 있었다. 같이 파천권장에 휩쓸렸지만 결과는 사뭇 달랐다.

무공의 차이라 보기에는 어려웠다. 하나, 지금은 그 누구도 그런 것을 신경 쓸 수 없었다. 오로지 모두의 두려움과 불신의 시선으로 다시 천천히 걸어오기 시작한 무생을 바라만 볼 뿐이었다.

"이자는… 재앙인가!"

설희의 부축을 받으며 서 있던 의선이 경악을 토해내며 그렇게 말했다. 설희의 표정도 다르지 않았다. 무생이 한 걸음 한 걸음 무림맹 진영 쪽으로 다가올수록 점차 얼굴이 하얗게 질려갔다.

의선은 힘들게 몸을 이끌고 쓰러져 있는 무림인들에게 빠르게 다가가 점혈을 짚었다. 몸을 부르르 떠는 이들은 피를 한 사발이나 더 토하고는 그대로 절명했다. 그 순간 의선의 눈에 이채가 서렸다.

"이건 도대체……?!"

하지만 의선의 말은 이어지지 못했다. 쓰러진 무인들을 살펴보는 의선에 앞으로 무생이 걸어오고 있는 것이었다. 천무형에 참석한 모든 무인이 벌떡 일어나 이러지도 저러지도 못하며 무생의 모습을 바라보았다.

그들의 눈에는 무생이 도저히 인간으로 보이지 않았다. 단신으로 천무형을 견뎌내는 것이 아니라 아예 박살을 내버렸고 더 나아가 무림맹마저 부수고 있는 것이다.

그들의 눈에는 무생이 남궁소연의 정체를 만천하에 공개한 의선을 가만두지 않을 것만 같았다. 그것은 의선의 제자 설희 역시 그렇게 생각했다.

설희가 신법을 전개해 달려와 의선의 앞을 막아섰다. 두려움에 몸이 가늘게 떨렸지만 잘 쓰지 않는 검까지 뽑으면서 운신하기 힘든 의선을 지키려 막아선 것이다.

의선은 굽혔던 허리를 펴며 설희의 어깨에 손을 올리고는 고개를 저었다.

"스, 스승님!"

의선이 비틀거리며 무생의 앞에 서자 설희는 당황해했지만 의선은 도리어 침착한 표정이었다.

"염제, 이 사실을 알고 있었소?"

의선이 무생에게 물었다. 의선이 가리킨 것은 피를 토하며 죽은 몇몇의 고수였다. 그들은 모두 촉망받는 백도무림의 자부심이었다.

"알 필요가 있겠나?"

의선은 고개를 끄덕였다. 남아 있는 무당의 제자들이 의선에게 신법을 전개해 날아와 무생을 향해 검을 뽑았다. 두려움이 가득한 얼굴이었지만 결코 물러날 기색을 보이지 않았다. 두렵지만 굴복하지 않은 것이야말로 진정한 용기라 생각하는 무당파의 제자들이었다.

의선이 손을 들어 그들을 제지했다.

"염치없지만 무당파의 제자들 이 일에서 물러남을 허락해 주시겠소? 대가는 이 목숨으로 치루겠소."

"무슨?!"

"그런 말도 안 되는!!"

의선은 스스로 자신의 사혈에 손을 가져다 대었다. 주변의 무림인들은 도대체 무슨 상황인지 몰라 허둥거렸다.

"노인의 목숨 따위는 받아서 뭐하겠나."

무생은 늙은 도인들은 상대하기 싫다고 생각했다. 무생은 손을 휘저었다.

"알아서 비켜라."

의선이 물러나자 무당파의 제자들도 눈치를 보다가 의선의 뒤로 물러났다. 아직 은거하지 않은 무당파의 최고 어른의 말을 그들이 거역할 수는 없었다.

무당파가 물러나자 무림맹 진영은 혼란에 빠졌다. 무생은 그런 혼란을 신경 써줄 이유가 없었다.

무생이 다시 걸어오자 무림인들로 이루어진 벽이 움찔거렸다. 단 하나의 존재를 어찌하지 못하고 주춤거리는 모습은 도저히 그 고고하던 백도무림의 정예고수로 보이지 않았다.

"물러나지 마라!"

"종남파가 앞장서겠소!"

종남파의 무인들이 기세 좋게 전신내력을 일으키며 신법을 전개하긴 했지만 막상 앞으로 나오니 무생의 존재감에 기가 눌려 버렸다.

무생은 단 번에 저들을 모조리 쓸어버리는 방법을 아주 잘 알고 있었다.

천무권 파천연환권장(破天連環拳掌).

파천권장이 동시에 여러 개 펼쳐지는 개념이었다. 하지만 그것은 단순히 동시에 펼쳐지는 것이 아니라 팔방의 모든 곳을 점하며 거슬리는 모든 것을 하늘을 무너뜨리는 권장으로 쓸어버리는 것이었다.

콰가! 콰가가가!

도저히 권장이 내뿜는 소리라고는 볼 수 없는 굉음이 강타했다. 호신강기를 펼친다고 막아지는 것이 아니었지만, 펼치거나 할 틈도 없이 모조리 권장에 휩쓸려 바닥을 굴렀다.

순식간에 수십이 하늘로 튕겨져 나가며 바닥에 떨어져 내리자 그들은 드디어 무생을 막을 수 없음을 깨달았다.

무생이 다가가자 바다가 갈라지듯 무인들이 비켜섰다. 호기롭게 무생을 막아서며 강기 따위를 날려대는 자들도 있었지만 그들은 여지없이 공중으로 치솟아 바닥으로 떨어질 뿐이었다.

무생이 눈에 담고 있는 것은 도저히 믿을 수 없는 현실에 허둥거리는 무림인들이 아니었다.

무생의 무위에 놀라 기세가 위축된 백도무림의 지존, 모용준이었다.

"네, 네놈……!"

모용준의 얼굴이 일그러졌다. 무생은 가볍게 손을 휘저어 모용준의 앞을 막아서는 무림맹의 무인들을 바닥에 꽂아 넣었다.

드디어 무생이 다시 모용준의 앞에 섰다. 처음 마주보았을 때와 분위기는 사뭇 달랐다. 오히려 모용준이 천무형을 당하는 듯한 모습이었다.

무생은 모용준을 살펴보며 입을 떼었다.

"답해라. 천하삼절은 모두 너 같은가?"

모용준은 무생이 자신을 무시한다고 여겼다. 그 누구도 무시할 수 없는 백도무림의 지존, 절대신검 모용준을 말이다. 평소의 그라면 부동심을 유지하며 침착하게 대응했을 테지만 지금의 그는 그런 모습을 찾아볼 수 없었다.

현경에 이른 깊은 수양은 자취를 감춘 지 오래였다.

"날 방해하고도 무사할 성 싶으냐!"

모용준이 순식간에 검을 빼 들어 무생의 심장을 찔렀다. 천하삼절의 자리를 차지한 백도무림의 지존답게 태산을 가를 듯한 무형의 기운이 뿜어져 나왔다.

무형검!

형태가 없는 검이야 말로 무엇이든 죽일 수 있다고 알려져 있었다. 절대신검이라는 별호는 절대 그냥 붙여진 것이 아니었다.

파아아—!

내공의 격돌로 인한 충격이 주변을 강타했다. 주변에 있던 자들이 모두 비틀거리며 물러나거나 주저앉았다.

끼긱!

모용준의 검이 무생의 옷을 자르기는 했지만 그것뿐이었다. 모용준의 검이 부들부들 떨렸다. 심후한 내력을 집중시켜 검을 밀어 넣어도 도저히 들어가지가 않았다.

무형검의 수법조차 무생에게 그 어떤 흠도 낼 수 없는 것이다. 무생은 천천히 손을 들어 모용준의 검을 잡았다. 그리고 무생이 다른 손을 드는 순간 모용준이 검을 놓고 연무장을 향해 몸을 날렸다.

지이잉!

그와 동시에 무생의 손에 있던 모용준의 검이 검명을 토해냈다. 마치 하나의 생명처럼 꿈틀거리는 것은 이기어검의 극치라 표현할 수 있었다.

무생은 검을 바라보다가 모용준에게 검을 던졌다. 무생의 선천지기가 섞이며 빠르게 날아가던 검은 모용준의 바로 앞에 꽂혔다.

"절대신검께서 나서셨다!"

"천하삼절과 염마대제의 대결이다!"

"아무리 천하삼절이라 해도 저런 무위를 지닌 자에게 상대가 될까?"

연무장에서 멀찍이 떨어져 자세를 낮추고 상황을 주시 중인 무림인들은 백도무림을 떠나서 절대신검과 염마대제의 격돌에 흥분했다.

고금제일인이라 스스로 자부하는 절대신검과 어마어마한 무위를 선보이며 천무형과 백도무림의 자존심을 박살 낸 염마대제의 대결.

평생 볼까 말까 한 대결이 펼쳐지려 하고 있는 것이다.

"매, 맹주님! 조, 조심하십시오!"

"맹주님께서는 백도무림의 지존이시다!"

모용준을 지지하는 무림인들이 그렇게 외쳤다. 무림맹의 무인들은 방금 전 무생의 엄청난 신위를 보고도 그것을 잊어버린 듯 모용준을 믿기 시작했다. 자신들이 칭송하던 모용준이 질 수 없다는 그런 믿음에서 나온 착각이었다.

"오라버니!"

무생의 귀에 남궁소연의 목소리가 들렸다. 무생은 남궁소연의 목소리를 듣고는 고개를 끄덕였다.

"그리고 보니 네놈에게 갚아줄 것이 있었지."

무생은 그렇게 말하며 박살 나 엉망이 된 연무장 한가운데에 서 있는 모용준을 바라보았다.

第十三章

염마지존

무생록

모용준의 모습은 누가 보더라도 굉장히 태연해 보였다. 무생 따위는 자신의 상대가 안 된다는 듯한 생각이 묻어나오는 듯했다.

　그러고 보면 절대신검이라 칭송받는 모용준은 단 한 번도 패배한 적이 없었다. 그는 백도무림의 살아 있는 전설이었다.

　"맹주께서 나서신다면 능히 염마대제를 제압할 수 있겠지!"

　"그, 그럼! 맹주께서는 무신이 아니신가!"

　모용준은 대범한 영웅의 모습을 보이려 부드러운 미소를

지었다. 그러고는 호기롭게 바닥에 꽂힌 검을 빼 들었다. 하지만 그런 모습과는 달리 내부는 펄펄 끓고 있었다.

별것 아니라 생각했던 무생이 모용준을 평정심을 무너뜨렸다. 눈앞에 있는 무생 때문에 모용천을 잃었고 자신의 명성에 흠집이 갔기 때문이다.

정상적인 판단을 할 수 없을 정도로 정신이 흐릿해졌지만 모용준은 스스로 그것을 느낄 수 없었다. 현경에 이르러 확고한 부동심을 정립해 사라졌다고 생각하던 심마가 모용준에게 찾아온 것인지도 몰랐다.

무생의 눈에는 모용준은 그저 아무것도 아닌 시장잡배만도 못한 자로 보일 뿐이었다.

"볼품없군."

무생은 모용준을 바라보며 솔직한 감상을 내뱉었다. 천하삼절이라는 무신으로 절대 보이지 않았다. 오히려 화산파의 늙은 선인이나 장문인이 더 나아보일 뿐이었다.

무생의 말에 모용준의 얼굴이 일그러졌다. 모용준의 앞으로 향하는 무생을 막아서는 이들은 아무도 없었다. 구파일방의 정예들을 일방적으로 쓸어버린 무생이니 막아선다고 해도 도저히 가능성이 없을 것이다.

천하삼절이 동시에 덤빈다고 해도 무생을 어찌할 수 없었다.

"겨우 십제에 든 네놈이 하늘 무서운 줄을 모르는구나!"

"하늘이 무서웠으면 좋겠군."

무생이 모용준의 앞에 섰다. 저번에 무생을 분노로 몰아넣은 것은 모용천이었지만 모용준의 도움이 컸다. 무생은 모용준을 바라보며 천천히 입을 떼었다.

"기회를 주지. 발악해 봐라."

무생의 말에 얼굴을 일그러뜨린 모용준은 전신내력을 모두 끌어올렸다. 현경에 이른 내력은 굉장히 중후했고 특히 모용준은 어렸을 때부터 영약이란 영약은 모조리 흡수해 천하삼절 중에서 내공이 제일 많았다.

때문에 모용준은 장기전으로 가서 무생이 권법을 펼치지 못하게 한다면 자신에게 승산이 있을 것이라 생각했다.

'어떤 식으로든 죽여 버릴 것이다!'

모용준이 살기를 내뿜었다. 백도무림의 수장치고는 더럽게 느껴지는 살기였다.

절대신검으로 칭송받는 모용준의 벽천검법은 마치 푸른 하늘을 보는 듯한 장관을 만들어낸다는 소문이 자자했다. 무림인들은 모용준이 벽천검법을 전개하리라 믿어 의심치 않았지만 모용준이 전개한 것은 그와는 다른 것이었다.

모용준은 무생을 향해 빠르게 검을 휘둘렀다.

신법을 극성으로 전개하며 무생이 대비할 틈을 주지 않았다. 무생이 제대로 자세를 잡지 않은 상태에서 벌어진 기습과도 같은 공격이었다.

이러한 공세를 잘 취하지 않는 정파의 공세라기엔 치사할 법도 하지만 모용준은 오로지 무생을 빨리 없애 버리고 싶다는 생각뿐이었다. 지금 모용준에게 있어 정도가 사소한 것에 불과할 만큼 신경 쓸 거리가 아니었다.

완벽한 신검합일에 도달해 청아한 검명이 사방에 울렸다. 모용준은 무생이 아무리 금강불괴를 이루었다고 해도 이번 초식은 막아낼 수 없을 것이라 생각했다.

발경의 묘리를 십분 이용한 초식이었고, 소림의 고수들도 간신히 내장에 기를 둘러 보호를 꾀하는 초식이었다. 그렇기에 강기의 침투를 결코 막아낼 수 없으리라 확신하는 것이기도 하다.

정당한 비무에서는 나오기 힘든 수법이었다. 정도의 무공이라 보기보다 사공에 많이 닮아 있는 수법이기도 했다.

휘이이익!

모용준은 무생이 자신의 금강불괴 같은 신체만을 믿고 별다른 반응을 보이지 않자 속으로 쾌재를 불렀다. 자신의 실력을 과신한 멍청이가 큰 내상을 입고 바닥에 뒹굴 것이다.

콰아아앙!!

모용준의 검이 무생의 몸에 닿았다. 검과 몸이 부딪힌 것이라고는 상상할 수 없는 굉음이 주변을 뒤흔들었다.

"허억?!"

"저, 저럴 수가!"

무림인들은 벌어진 광경에 눈을 의심했다. 무생의 몸에 모용준의 검이 닿자 그대로 모용준의 검이 박살 나버린 것이다. 그것뿐만이 아니었다.

"크, 크아아악!"

모용준의 한쪽 팔이 엉망진창으로 찢겨져 나가 있었다. 당장 치료를 받지 않는다면 불구가 될 것으로 보였다. 모용준의 처참한 모습에 무림인들의 두 눈이 흔들렸다.

"내, 내 팔이……?!"

무생은 검이 닿았던 부근을 바라보았다. 약간 그을림이 보이자 가볍게 손으로 그것을 털어냈다. 방금 전 공격의 가치는 무생이 입고 있는 하얀 무복을 상하게 한 정도뿐이었다.

무생이 모용준을 향해 다가가자 모용준은 비틀거리며 뒤로 주춤 물러나기 시작했다.

"그, 그럴 리가 없다! 나, 나는 무림지존 절대신검 모용준이다!!"

"아비나 아들이나 똑같이 멍청하군."

"네 이놈!! 무생!!!"

노기 섞인 외침이었다. 상처 입은 개와도 같은 울림이었다. 무생은 모용준을 바라보다가 가볍게 주먹을 쥐었다.

무생은 모용준을 보자 싸늘하게 가슴이 내려앉았다. 그것이 무생으로 하여금 이 단계를 개방하기 만들었다.

무생록(無生錄) 이식(二式).

무생의 주변을 황금빛으로 물들이던 선천지기의 모습이 변하기 시작했다. 무생을 염마대제라는 별호로 불리게 만들었던 모습이 등장하고 있는 것이다.

공기가 타들어가며 무생의 주변에 불꽃들이 타오르기 시작했다. 마치 서서히 지옥이 현세에 강림하는 것처럼 주변 모든 것이 타오르기 시작했다.

염옥강림(炎獄降臨)!

콰아아아!

무생의 주변으로 불기둥이 치솟았다. 하얀 무복 자락을 따라 휘감기는 불꽃은 삼매진화보다도 더 깊고 뜨거웠다.

혈마인이 핏빛 혈마강기를 온몸에 두른다면 무생은 태양을 닮은 염강기(炎罡氣)를 두르고 덤벼오는 상대를 모조리 태워 버릴 것이다.

염강기를 두른 것만으로도 공격과 방어가 공존했다.

호신강기의 개념을 넘어선 접근조차 불허하는 그야말로

신의 무공이었다.

"크, 크아아악!"

모용준은 갑자기 일어난 불길에 온몸이 휘감기자 내력을 방출하여 대항하려 했지만, 불길은 내력을 먹어치우며 더욱 더 밝게 빛을 내었다. 무생은 발악하는 모용준을 가만히 보고만 있지 않았다.

콰아아!

무생의 주먹이 모용준의 얼굴에 작렬했다. 얼굴이 일그러지고 이가 박살 나 튀어나왔지만 더 심각한 것은 모용준이 내력이 모조리 깨져 나갔다는 점이었다.

현경을 이룬 내공이 너무나 허망하게 깨져 나가 버렸다. 무생의 주먹은 거기서 멈추지 않았다.

콰아! 콰앙!!

무생의 주먹이 모용준의 신체와 닿을 때마다 주변에 불길이 치솟았다. 때문에 어느 누구도 모용준을 구하기 위해 접근할 수가 없었다. 무림맹의 무인들이 할 수 있는 일은 그저 넋을 잃고 지켜보는 일 뿐이었다.

"크아아아! 사, 살려줘!!"

모용준이 내부가 찢기는 듯한 고통에 발버둥 쳤다. 불길이 온몸을 덮고 있음에도 그는 죽을 수 없었다. 무생의 선천지기가 그를 계속해서 재생시켰고 그와 동시에 더욱 잔인하게 태워 버렸기 때문이다.

콰아앙!

이식(二式) 개방 상태에서 파천권장이 발해졌다. 모용준의 옷을 모조리 태워 버리며 그를 바닥에 뒹굴게 만들었다. 주변에 솟구쳤던 모든 염강기들이 파천권장에 휩쓸려 모용준에게로 쏟아졌다.

"끄에에엑!"

모용준의 내공이 모조리 소실되며 단전이 박살 나고 혈맥이 막혀 버렸다. 모용준이 바닥에 얼굴을 박고 기절하자 다시 정적이 찾아왔다.

"무, 무림맹주가……."

"절대신검이 당했다!!"

"저럴 수가! 무림맹주가 저토록 허망하게!"

천하삼절이라 불리며 백도무림의 수장으로 군림하던 무림맹주 모용준이 바닥을 뒹굴고 있는 것이다.

무생은 일말의 동정조차 담기지 않은 눈으로 모용준을 바라보았다. 모용준에게 진 빚을 청산했지만 기분은 좋지 않았다. 금호협객의 죽음으로부터 이어진 빚이 모두 깔끔하게 청산되었지만 무생은 무언가 해결했다는 기분을 느낄 수 없었다.

그가 기대했던 무림의 모든 것이 깨져 버렸기 때문이다.

'천하삼절이 겨우 이 정도인가.'

무신(武神)이라 불리는 절대자 역시 자신을 죽일 수 있기는 커녕 흠집조차 주지 못했다. 모용준을 박살 내 그것이 현실로 다가오자 무생의 마음은 또다시 허망함으로 가득 찼다.

늘 있던 일이었다. 실망하고 견디는 것은 무생이 늘 했던 일이었다. 이번에도 다를 바 없을 뿐이었다.

이 세상이 지겨웠다.

이 긴 삶을 보내야 하는 모든 세상이 지겨워지기 시작했다.

"오라버니!"

무생이 등을 돌리자 남궁소연의 모습이 보였다. 남궁소연은 쉴 새 없이 눈물을 흘리며 무생을 바라보고 있었다. 무생은 남궁소연을 본 순간 허망함이 가시는 듯한 느낌을 받았다.

자신의 무사함을 알고 눈물을 흘려주는 모습은 무생에게 색다른 감정을 전해주었다.

"구하고 싶다면 찾으면 그만이라 했던가."

광노가 있다면 무생과 술잔을 같이 기울이며 그렇게 말했을 것이다. 무생은 고개를 절레 내젓고는 남궁소연 쪽으로 다가가려 했다. 무당과 소림이 박살 난 시점에서 천무형은 끝난지 오래였고 무림맹주가 아작 난 시점에서 무림맹의 패배가 선언된 것이다.

"와아아아!!"

"그야말로 무림지존이다!"

무생을 지지하던 무림인들이 환호하며 그렇게 외쳤다. 남아 있는 구파일방의 제자들은 넋을 잃고 무생을 바라볼 수밖에 없었다. 일방적인 패배는 그들이 겪어보지 못했던 것이었다.

무생이 환호를 받으며 남궁소연으로 걸어갈 때였다.

연무장 밖에서 지켜보고 있던 어떤 무리가 연무장으로 난입했다. 하나같이 괴이한 생김새를 지니고 있었다. 먹처럼 온몸이 검은 자와 팔 다리가 기이하게 긴 자, 그리고 온몸에 벌레를 붙인 자까지 아주 다양했다.

그들은 천무형을 은밀하게 참관하고 있던 사파연합의 원로들이었다. 무림맹주가 허망하게 박살 난 시점에서 아주 만족스러운 듯 고개를 끄덕이다가 연무장에 난입한 것이었다.

"으하하하하! 대단하구려! 대단해!"

그들 중에 웃는 자는 검은 도포를 걸친 자였다.

그는 흑사혈왕(黑死血王)이라 불리는 사파연합의 원로 고수였다. 천하십제에 든 인물이었지만 사파의 인물이기 때문에 백도무림인들을 그를 천하십제로 인정하지 않았다.

하지만 그가 사공만으로 대단한 경지를 체득했다는 것은 부정할 수 없는 사실이었다.

"지존께서 염마대제라는 별호를 싫어하실 만하오! 이제부터 염마지존이라 불릴 것이오!"

　탁한 목소리였지만 알 수 없는 쾌활함이 담겨 있었다. 갑작스럽게 난입한 사파연합의 무리들을 보자 백도무림인 모두의 시선이 모여졌다.

第十四章

누가 적인가

무생록

무생은 잠시 걸음을 멈춰 서 흑사혈왕을 바라보았다. 흑사
혈왕과 사파연합의 원로들은 예의 바른 자세로 무생을 향해
포권을 취했다.

"천무형을 스스로 이겨내시고 저 가증스러운 무림맹을 격
파하시다니 존경을 금치 않을 수 없소이다!"

흑사혈왕의 말에 사파연합의 원로들이 고개를 끄덕이며
동조했다.

"우리 흑사맹은 남궁 소저가 무림공적인 것을 인정하지 않
고, 이 자리에서 가증스러운 구파일방과 그 잔당들을 제거할

것이오!"

혹사혈왕의 말에 무림인들이 경악할 수밖에 없었다. 사파연합이 백도무림을 향해 선전포고한 것이었기 때문이다.

구파일방에 크게 밀리는 사파연합이 무슨 힘이 있어 선전포고를 하는가 싶었지만 지금 상황은 오히려 사파연합에게 유리했다.

사파연합의 고수들이 연이어 모습을 드러내기 시작했다.

무생에 의해 기력을 모두 쇄진한 백도무림의 주요전력들을 제거하기에 아주 좋은 기회였다.

"그리고 새로운 우리의 새로운 수장은 무생지존이 되실 것이오!!"

혹사혈왕의 말에 침묵이 자리 잡았다. 확실히 지금까지의 상황만을 따져 보면 무생이 사파연합에 합류하는 것도 이상하지 않았다. 무림맹은 무생을 오로지 핍박했을 뿐이었고 다른 구파일방의 대부분도 그러했다.

의선을 포함한 백도무림인들이 신음을 흘리며 무생을 바라보았다. 제갈미현은 살짝 눈썹을 찌푸렸다가 알 수 없는 미소를 지을 뿐이었다.

정작 새로운 수장으로 추대받은 무생은 혹사혈왕의 말에 별다른 감흥을 느끼지 않았다. 무림이라는 것에 흥미가 떨어진 탓이기도 했다. 천하삼절이 그저 시장잡배 수준이었으니 무생이 무림에 남아 있을 이유는 단 하나뿐이었다.

그것은 바로 남궁소연의 집을 지어주는 것이었다. 결과적으로 본다면 남궁소연과의 약조가 기이하게 되어버렸지만 무생은 남궁소연을 탓하지 않았다. 탓하는 것이 있다면 약해 빠진 천하삼절일 것이다.

무생이 생각하는 남궁소연은 가족과 집을 잃은 연약한 여인이었다.

"자! 흑사맹의 형제들이여! 가증스러운 정파 놈들을 쓸어버려라!"

"우아아아아!"

백도무림인들의 표정이 굳어졌다. 지금 결전을 치르게 된다면 백도무림은 큰 피해를 입을 것이 분명했다. 무생에 의해 운신하기 힘든 무인들이 모두 백도무림의 큰 전력들이기 때문이다.

사파연합의 무인들이 무기를 뽑아 들며 무림맹 진영을 향해 달려드려 할 때였다. 무생은 흑사혈왕을 바라보다가 그대로 주먹을 휘둘렀다.

"커억!"

휘이이잉! 텅!

흑사혈왕의 공중으로 치솟았다가 달려들려는 사파연합의 무인들과 무림맹 진영의 사이에 떨어졌다. 사파연합의 무인들은 흠칫 놀라며 몸을 멈출 수밖에 없었다.

사파연합의 수장으로 합류하리라 여겼던 무생의 행동에 무림맹 진영에서도 놀랍다는 표정을 지었다.

무생은 주춤거리는 사파연합의 원로들에게 가차 없이 주먹을 휘둘렀다. 무생의 눈에는 무림맹이나 이들이나 별로 다르게 보이지 않았다.

퍼퍼퍽!

"크, 크아악!"

"지, 지존! 어, 어째서!"

순식간에 사파연합의 원로들이 바닥을 뒹굴었다. 백도무림도 사파연합도 어찌 된 영문인지 몰라 멍하니 무생을 바라볼 뿐이었다.

무생은 자신의 앞길을 막아서는 사파연합의 무인들에게 주먹을 먹여준다 다음 남궁소연 쪽으로 다가갔다.

"대단한 무위로군요."

목소리가 들려옴과 동시에 잔상이 솟구쳐 올라왔다.

연이어 등장한 것은 새로운 세력이었다. 변장을 하고 있던 많은 자들이 변장을 풀며 모습을 드러낸 것이다.

"마교?!"

"마, 마교다!"

마교를 상징하는 검은 영웅건은 모두가 알아볼 수 있는 것

이었다. 그간 모습을 드러내지 않았던 마교까지 모습을 드러
내자 무림맹 쪽은 물론이고 사파연합까지 무척이나 당황해했
다.

마교 역시 주요전력을 데려온 듯 하나같이 흉흉한 기세들
을 뿌려댔다. 주요전력이 운신하기 힘든 무림맹 쪽과 핵심 고
수가 바닥을 뒹굴고 있는 사파연합을 모두 상대하기에 부족
함이 없어 보였다.

마교의 인물답지 않게 흰색 도포를 입으며 나타난 자는 여
자를 꽤나 울렸을 법한 미남자였다. 물론 무생에 비해 많이
손색이 있기는 하지만 말이다.

그는 다름 아닌, 무림에 모습을 드러낸 적이 없는 마교의
소교주 단마현이었다.

무생을 가운데에 두고 무림맹, 사파연합 그리고 마교가 자
리를 차지하고 있었다. 무림맹과 사파연합은 눈치를 보다가
마교를 견제했고 마교는 코웃음 치며 무생만을 바라보았다.

"마교의 소교주 단마현이라 합니다. 저번 무례는 제가 대
신하여 사과드리겠습니다."

무생은 자신의 앞에 나타난 자들을 사파연합과 마찬가지
로 패대기칠까 하다가 마교라는 말에 잠시 걸음을 멈추었다.
분명 화산의 제자들과 처음 만났을 때 만나본 적이 있는 무리
였다.

"본인은 염마지존께서 무림일통을 논하기에 전혀 부족함이 없어 보인다 생각합니다."

단마현은 무생의 압도적인 무위를 보며 절대 적으로 돌려서는 안 되는 자임을 깨달았다.

교주의 명령은 틈을 타서 남궁소연을 데려오거나 그녀가 지닌 것을 회수하라는 것이었지만, 그렇게 한다면 눈앞에 있는 무생과 적이 된다는 말이었다.

단마현은 진위 여부도 확실하지 않은 혈마존의 비급보다도 무생과의 좋은 인연을 만들어 놓는 것이 더 중요하다고 생각했다.

무생은 단마현에게 잠깐 시선을 주며 입을 떼었다.

"무림에는 관심 없다."

무림에 흥미가 없어진 무생이었다.

단마현의 눈이 크게 떠졌다. 무생의 말을 다르게 받아들인 것이다.

이제 염마지존이라 불리는 눈앞에 있는 사내는 천하를 바라보고 있음이 확실했다. 단마현은 무생의 야망에 감탄하면서 존경심이 솟구치는 것을 느꼈다. 천년마교가 무림일통을 논했던 것을 자랑으로 여긴 자신이 부끄러워졌다.

"마교라…… 마교의 교주는 대단히 강하다고 했지. 저기 저 모용준보다 강한가?"

"교주께서 더 강하십니다."

단마현의 대답에 무생은 단마현을 바라보며 입을 떼었다.

"나를 죽일 정도는 되나?"

"그건……."

단마현은 쉽게 대답할 수 없었다. 단마현이 본 무생의 경지는 과거 천마지존이 살아나온다고 해도 맞설 수 없어 보였다. 예전에 비해 많이 손색이 있는 지금 염마지존에게 어느 정도 버티는 것은 몰라도 대등하게 싸울 수는 없을 것이다.

단마현이 대답이 없자 무생은 단마현에게서 시선을 떼었다.

"그렇다면 소란 피우지 말고 사라져라. 오늘의 행사는 끝났다. 더 이상 볼 일이 없었으면 좋겠군."

무생의 말이 떨어지자 그 누구도 함부로 서로를 향해 적의를 내보일 수 없었다.

지금은 절호의 기회이기는 했다. 운신이 힘든 의선과 엉망진창으로 당해 버린 무림맹주, 소림의 나한들과 무당파의 무당검수 그리고 다른 구파일방의 전력들이 간신히 몸만 움직일 수 있는 지경이니 이번 기회를 놓친다면 땅을 치고 후회할지도 몰랐다.

게다가 모습을 드러내지 않으며 전력을 쌓고 있는 사파연합의 주요 인사들도 있었다.

마교로서는 지금 기회에 무림맹과 눈에 거슬리는 사파연합을 쓸어버리는 편이 좋았지만 그렇게 한다면 무생이 나설 것이 분명했다.

'과거 천하를 호령한 마교가 개인의 눈치를 보다니……'

천마지존조차 불가능한 일일 것이다. 단마현은 무생이야말로 지존이라는 이름이 어울리는 자라고 생각했다. 군림하는 것만으로도 모든 것을 지배하고 멈추게 하는 절대강자의 모습이었다.

서로의 눈치만을 보며 침묵만이 가득 자리 잡을 때 나서는 자가 있었다. 모용준이 당할 때도 눈 하나 깜짝하지 않은 제갈미현이었다.

"천무형을 이겨내신 염마지존께 경의를 표합니다. 무림맹에서는 남궁세가를 무림공적의 자리에서 지울 것이며 남궁소연의 죄가 없음을 인정합니다."

제갈미현이 그렇게 말하자 백도무림인들의 얼굴에 화색이 돌았다. 본래라면 긴 회의를 통해서 결정할 사항이었지만 지금 정상적인 사고가 가능한, 무림맹에서 지위가 가장 높은 자는 제갈미현밖에 없었다.

모든 무림인이 순식간에 분위기 반전을 이루어낸 제갈미현에게 감탄했다.

'무림맹의 뱀이라는 여자인가.'

단마현은 제갈미현에게서 불길함을 느꼈다. 제갈미현은 단마현의 시선을 느꼈음에도 무생을 바라보며 싱긋 웃을 뿐이었다.

"그리고 혈마인에 대해서 다시 제대로 조사하여……."

제갈미현이 무생을 바라보며 말을 할 때였다.

"크아아아아아!"

갑작스럽게 울부짖음이 들려왔다. 자리에 있는 모든 무림인들이 고개를 돌려 그 울부짖음의 진원지를 바라보았다.

목소리의 주인은 바닥에 쓰러져 있는 모용준이었다. 모용준의 몸이 비틀리며 두 눈에서 피가 흘러나왔다.

"매, 맹주?!"

"허억!"

모용준의 몸이 튕기듯 하늘로 솟구쳤다. 비틀거리며 착지한 모용준은 머리를 부여잡으며 울부짖기 시작했다.

"맹주님?"

제갈미현이 요사스러운 눈으로 모용준을 바라보며 그렇게 말했다. 그와 동시에 모용준의 입이 다시 크게 떼어졌다.

"허억! 허억, 크아아아아아!"

모용준의 몸에서 변화가 있었다. 피눈물을 흘리는 눈은 점차 붉은 빛으로 물들어갔고 온몸에서 붉은 기운이 솟구쳐 나오기 시작했다. 그와 동시에 전 무림인들의 얼굴이 경악으로 물들어갔다.

"혀, 혀, 혈마인이다!!"

"무림맹주가 혈마인으로 변했다!"

무림인들은 더 이상 놀랄 상황은 없다고 생각했는데 무림 맹주가 혈마인으로 변해 버리자 거의 혼백이 나갈 지경이 되었다.

멍해진 것은 사파연합과 마교 역시 마찬가지였다. 이것은 예상하지 못한 의외의 사태였다.

모용준의 몸은 완전히 혈마강기로 뒤덮였다. 주변에 핏빛 기운을 뿌리고 온몸에 혈마강기가 자욱한 모습은 과거 혈마 존을 떠올리게 만들었다.

보통 무림인들이라면 모용준의 주변에 있는 것만으로 혈 마기의 독에 중독되고 큰 내상을 입을 것이다. 혈마강기는 호 신강기로도 막을 수 없었고 소림의 금강불괴로도 방어할 수 없는 치명적인 위력을 지녔다고 알려져 있었다.

"죽어!!"

콰가가가!

모용준이 손을 휘두르자 혈마강기가 뿜어져 나와 무림인 들을 휩쓸어 버렸다. 혈마강기에 적중한 무림인들은 몸이 터 져 나가며 피를 사방으로 뿜어댔다. 모용준이 손을 뻗자 그 피들이 모용준의 몸으로 흡수가 되었다.

"혈마인이 분명하군."

단마현은 모용준을 보며 그렇게 말할 수밖에 없었다. 단마현도 문헌으로밖에 접하지는 않았으나 지금 저 모습은 기록과 하나도 다른 점이 없었다.

모용준이 마구잡이로 날뛰기 시작하자 순식간에 많은 무림인들이 사라져 버렸다. 모용준은 눈에 띄는 모든 자를 죽이며 혈마강기를 더욱 자욱하게 뿜어냈다.

남궁소연이 무생에게 달려와 무생의 손을 잡았다.

"오라버니!"

무생은 남궁소연을 뒤따라온 곽진과 진천을 바라보았다. 그들은 구파일방의 인원으로서 무림맹 쪽에서 천무형을 참관해야 했지만 징계를 각오하고 무생 쪽에 남았다. 남궁소연이 미울 만도 했지만 그들은 그런 표정 없이 혹시나 모를 일에 대비해 남궁소연을 호위하고 있던 것이다.

모용준이 마구잡이로 발악하다가 무생을 바라보더니 진한 살기를 뿜어냈다.

무생은 진천과 곽진을 바라보았다.

"정의천으로 데려다 주시오. 아무래도 저것은 나에게 용무가 있는 듯하니……."

"알겠소!"

"걱정 마십시오!"

진천과 곽진이 굳은 표정으로 말하고는 남궁소연을 붙잡았다. 남궁소연은 눈시울을 붉히며 무생과 눈을 맞추었다.

"죄송해요. 오라버니, 저 때문에……."

"정의천에 돌아가 있거라. 곧 황산으로 가야 할 것이니 말이다."

남궁소연은 무생을 멍한 눈으로 바라보다가 손으로 눈물을 지우며 웃었다.

"네!"

남궁소연의 미소를 본 무생이 등을 돌리자 곽진과 진천을 포함한 정의동맹회의 무인들이 남궁소연을 호위하듯 데리고 연무장을 빠져나갔다.

"무생!! 죽어!!"

무생을 보자마자 발광하며 달려드는 모용준이었다. 사파연합과 마교의 인원들은 빠르게 옆으로 물러났다. 모용준이 무생의 지척까지 당도했을 때 또 다른 이변이 일어났다.

"커, 커억?!"

"끄아아악!!"

마교와 사파연합, 그리고 무림맹 가릴 것 없이 머리를 부여잡으며 울부짖는 인원들이 있었다. 갑작스러운 사태에 모두가 혼란스러워 할 때 무생과 모용준이 격돌했다.

콰아앙!

모용준의 날카로운 손날이 무생의 주먹에 닿았다. 모용준은 뒤로 크게 튕겨져 나가 바닥을 굴렀지만 멀쩡한 듯 다시 일어났다.

무생은 자신이 두 발자국 뒤로 물러났음을 알고 살짝 눈이 커졌다. 무생은 주먹을 쥐었다 펴보았다. 그러고는 천천히 고개를 들어 혈마강기로 뒤덮인 모용준을 바라보았다.

"갑자기 혈마인으로 변했어!"

"혀, 혈마인들을 막아라!"

마교와 사파연합, 그리고 무림맹은 혈마인으로 변하며 날뛰기 시작한 동료들에 대항할 수밖에 없었다. 마구잡이로 혈마인으로 변하다 보니 무림 역사상 처음으로 무림맹, 사파연합, 마교가 서로의 등을 맞대게 되었다.

"내가, 내가 고금제일인이다! 무생! 무생!!"

눈이 뒤집어진 모용준이 신법을 전개하며 무생에게 달려들었다.

예전에 봤던 혈마인과 다른 점이 있다면 본인의 무공을 쓰고 있다는 점이었다. 이성이 완전히 사라진 듯했지만 분명 본인의 무공을 바탕으로 혈마강기를 쓰고 있었다.

후천지기와 선천지기를 가릴 것 없이 모두 혈마강기로 태워 버렸기에 그 위력은 정상적인 무림맹주 모용준을 아득히 상회했다.

모용준의 모습이 사라졌다. 붉은 잔상을 그리며 나타난 모용천은 긴 수강을 뽑아내며 무생에게 모용세가의 무공을 본능적으로 전개했다.

수강이 무생의 몸에 닿자 무생이 또다시 살짝 밀려났다. 모용준의 손이 엉망으로 터져 나갔지만 다시 재생되는 것이 보였다.

무생은 무림맹주 모용준보다 혈마인 모용준에 흥미가 생겼다.

무생의 주먹과 모용준의 수강이 부딪혔다.

콰아!!

황금빛 기운과 핏빛 기운이 섞이며 주변을 휩쓸어 버렸다. 모용준의 팔은 거의 떨어질 듯 아슬아슬하게 붙어 있었다. 모용준이 입을 크게 벌리자 바닥에 쓰러져 있던 무림인 하나가 모용준의 앞에 빨려 들어오듯 날아왔다

파가가각!

순식간에 조각나며 피안개로 변하는가 싶더니 모용준의 입으로 빨려 들어갔다. 그것은 흡성대법보다도 더 잔인한 수법이었고 놀랄 만한 결과를 만들어냈다.

모용준의 너덜너덜하던 팔이 혈마강기로 뒤덮이며 빠르게 회복되고 있는 것이다.

무생은 아주 살짝 저릿한 느낌이 들어 자신의 손을 바라보

왔다.

"신기하군."

이런 느낌은 그가 무수한 세월을 살아오면서 처음 겪는 느낌이었다. 아니, 불로불사를 얻기 전 이런 감각을 경험했을지도 모른다.

모용준이 또다시 달려들었다. 모용준의 몸놀림은 방금 전보다 조금 더 빨라져 있었다. 사람을 흡수한 탓으로 보였다.

무생은 선천지기를 개방해 파천권장을 펼쳤다. 모용준의 혈마강기와 파천권장이 부딪혔다.

혈마강기가 어마어마한 위력을 지니기는 했으나 무생이 재정리하여 선천지기를 담을수록 계속해서 위력이 늘어나는 파천권장을 당해낼 수는 없었다.

일식(一式)의 파천권장이 펼쳐짐에 혈마강기가 단번에 박살 나며 모용준의 몸을 휩쓴 것이다. 혈마강기로 이루어진 모용준의 몸이 터져 나갔다.

혈마강기는 혈마강기를 시전한 자의 두 배가 넘는 내력이 아니면 깨지지 않는다고 알려져 있었지만 황금빛 권장에 휩쓸린 순간 핏빛 기운이 사라지며 모용준의 몸이 터져 나간 것이다

"커어어억!"

모용준이 바닥에 쓰러져 괴로운 듯 몸을 비틀기 시작했다.

무생은 잠시 시선을 돌려 날뛰고 있는 혈마인들을 바라보았다. 혈마강기를 두르며 날뛰는 모습은 모용준보다 크게 떨어지기는 하지만 결코 무시할 수 없는 위력을 지니고 있었다.

"혈마인! 과연 대단한 위력을 지녔군!"

"우리보다 더 사파 같은데."

마교와 사파연합의 무인들이 그렇게 말하며 혈마인들을 바라보았다. 혈마인들의 숫자가 줄기는 했으나 그만큼 더욱 많은 사상자가 나왔다.

무생으로 인해 전력이 크게 줄은 무림맹의 무림인들을 오히려 마교나 사파연합이 지켜주는 기이한 구도가 나왔다.

"커어어억!"

모용준이 피를 토하며 온몸을 마구 비틀자 혈마강기를 폭사하며 마구 날뛰던 혈마인들이 모용준의 곁으로 모여들었다. 인형처럼 보이는 모습은 마치 누군가 조종하는 것 같은 느낌을 들게 했다.

의선을 포함한 무림맹의 무인들, 사파연합의 원로들 그리고 마교의 단마현과 그의 호위무사들이 무생의 뒤에 섰다.

"누군가 조종을 하고 있는 모양이오! 원리는 강시와 비슷한 것 같소."

의선은 호흡을 몰아쉬며 혈마인들의 상태를 꿰뚫어보았다. 의선의 말에 모두가 놀랄 수밖에 없었다. 혈마인을 조종

한다면 그것은 강시보다도 더욱 상대하기 까다롭고 끔찍한 존재라는 소리였기 때문이다.

"킬킬킬, 강시는 내 전문인데 말입죠."

"음, 본교에서도 비슷한 것을 만들긴 했었지."

사파연합의 원로, 광시귀(狂尸鬼)의 말에 단마현이 질 수 없다는 듯 말했다. 혈마인들이 한자리에 뭉치자 고통에 울부짖던 모용준이 다시 거친 숨을 헐떡이며 자리에서 일어났다.

"염마지존께서는 저 질긴 놈들을 끝장낼 방도를 가지고 계시오?"

의선이 묻자 무생은 뒤를 돌아보지 않고 고개를 끄덕였다. 무생이 한 걸음 앞으로 나서자 모두의 시선이 무생에게 모아졌다.

"흥미롭기는 하지만 별것없군."

무생의 혈마인에 대한 평가는 그토록 냉정했다.

第十五章

혈교

무생록

모든 혈마인이 무생을 주시했다. 마구잡이로 날뛰던 방금 전 그 모습이라고는 볼 수 없을 정도로 조용했다. 모용준만이 살기를 폭사시킬 뿐이었다.

모용준의 혈마강기가 절정에 이르렀다. 사파연합의 원로들이 입을 부여 막고 뒤로 물러날 정도면 말을 다했다고 할 수 있었다.

하지만 무생에게는 그 어떤 영향을 미치지 않았다. 자욱이 뿜어져 나오는 혈마강기를 그저 무덤덤한 눈으로 바라볼 뿐이었다.

"자꾸 튀어나오니 질리는군."

처음 볼 때는 흥미를 가질 수 있어도 두세 번 보다 보면 질리는 것은 어쩔 수 없었다. 단지 모용준의 변한 모습에 자그마한 흥미를 생길 뿐이었다.

'그러고 보니 저들도 소연이를 노렸지.'

무림맹을 온전히 다 깨부순 것은 아니었지만 기를 크게 눌러놨으니 저들 역시 그렇게 하는 편이 옳을 것이다.

이성을 잃고 날뛰는 괴물 따위에게 자비를 베풀 생각은 없었다.

"으음!"

의선은 복잡한 심경으로 무생을 바라보았다. 아무래도 남궁소연에 대해 밝힌 것이 성급한 결정인 것 같다는 후회가 밀려왔다.

조금 더 알아보고 일을 처리했어야만 했다. 의선은 아무 말 없이 혈마인을 막아서는 무생을 보며 알 수 없는 감동을 느꼈다.

'사파연합으로 가 득세를 할 수 있었을 터. 하나, 마교와 사파연합의 사이를 잘 조율하여 하나로 만들다니. 이렇게 놀라운 자가 있을 수 있단 말인가!'

의선은 남궁소연과 무생에게 미안한 마음을 가지면서도 감탄하는 눈으로 무생을 바라보았다. 무림맹주가 혈마인이

된 마당에 남궁세가의 일에 대한 진위 여부는 지금 중요치 않았다.

무생은 처음으로 손을 약간 앞으로 뻗으며 자세를 잡았다. 무생록에 대한 개념을 정립할 때 체계적으로 만든 자세였다. 그저 손을 뻗고 자세를 조금 낮춘 것 같았지만 그 안에는 많은 것들을 담고 있었다. 의선과 단마현이 눈을 빛내며 감탄을 감출 수 없을 정도로 말이다.

"홉!"

무생이 숨을 들이켜자 순식간에 황금빛 기류가 하늘로 솟구쳤다. 그와 동시에 불길이 치솟기 시작했다. 무생록의 두 번째 단계가 다시 펼쳐진 것이었다.

무생의 발밑에서 불길이 치솟음과 동시에 모용준이 달려들었다. 다른 혈마인들도 신법을 전개하며 아주 빠른 속도로 무생을 공격해 들어갔다.

유감스럽게도 무생은 공격을 맞아줄 기분이 아니었다. 불길이 지배하는 공간으로 혈마인들이 들어온 이상 결과는 이미 정해져 있었다.

무생의 손이 펴지는 순간 모용준을 포함한 혈마인의 몸이 그 자리에 굳은 듯이 멈춰 섰다. 마치 거미줄에 걸린 나방처럼 몸을 비틀며 발광했지만 오히려 더욱 움직일 수 없게 되어 버렸다.

그들의 몸을 옭아맨 것은 찬란한 태양빛처럼 빛나는 염강기였다. 염강기가 혈마강기와 만나 강한 진동을 만들어냈다. 하지만 결코 풀려나올 수 없었다.

무생의 불길이 태우지 못하는 것은 없었다.

"크아아아! 내, 내가 고금제일인이다!!"

모용준과 무생의 눈이 마주쳤다. 이성을 잃고 발광하는 중이었지만 무생에 대한 적의는 너무나 확실했다. 그 모습이 모용천을 보는 것 같아 무생은 잠시 그를 지켜보았다.

무생은 어쩌면 저런 모습이 인간 본연의 모습일지도 모른다는 생각을 했다. 저런 욕심으로 일그러진 얼굴과 살심으로 물든 눈빛이 나쁘게 보이지 않았다.

결국 자신에게는 없는 것들이었으니 말이다.

과드드득!

혈마강기가 불길에 저항하다 일그러지기 시작했다. 혈마강기가 타오르는 모습은 굉장히 끔찍했지만 모르고 본다면 묘하게 아름답다 칭해도 이상할 것이 없었다.

지옥지주(地獄蜘蛛).

무생의 펴졌던 손이 접혀졌다. 그와 동시에 혈마인의 발밑에서 불기둥이 치솟았다. 염강기로 이루어진 강기 다발이라 표현해도 모자람이 없었다.

의선과 단마현 그리고 모든 무림인들이 눈을 부릅뜨며 무생이 혈마인들을 멸하는 장면을 바라보았다. 아무런 표정 없이 그저 손을 휘젓는 무생은 그들의 눈에는 무척이나 숙연해 보였다.

영웅지존이라 표현해도 부족함이 없는 모습이었다.

"커어어!"

"으아아아악!!"

불기둥이 치솟자 혈마강기가 소멸되며 그들의 모든 의복이 모조리 사라졌다. 삼매진화보다 더욱 뜨거운 불길이라 뼈조차 녹아 없어질 것을 믿어 의심치 않았지만 나타난 광경은 의외였다.

털썩! 털썩!

혈마인이었던 무인들이 힘없이 바닥에 쓰러졌다. 선천지기가 모두 사라져 육체의 붕괴가 온 혈마인들은 한 줌의 재조차 남기지 않고 사라졌지만 양호한 혈마인들은 원래의 모습으로 돌아왔다.

그것은 모용준 역시 마찬가지였다.

꿈틀!

모용준의 입안에 무언가가 꿈틀거렸다. 그것은 다른 무인들 역시 마찬가지였다. 모용준의 입이 벌어지는 가 싶더니 주먹만 한 벌레 한 마리가 연기를 뿜어내며 빠져나와 그대로 죽어버렸다.

"벌레인가?"

무생은 죽은 벌레를 바라보다가 고개를 돌렸다. 저런 벌레는 영생산에 지천으로 깔려 있는 것이었고 독노가 특별히 키우기도 하니 관심이 생기지는 않았다.

"사, 살아 있다!"

"혈마인으로 변한 동료가 살아 있어!"

조심스럽게 생사 여부를 확인한 무림인들이 그렇게 외치자 의선은 무생에게 다가와 포권을 취했다. 그것은 단마현 그리고 사파연합의 원로들 역시 마찬가지였다.

"고맙소."

의선에 말에 별다른 말을 하지 않은 무생은 그대로 등을 돌렸다. 의선은 무림맹뿐만 아니라 마교의 소교주와 사파연합의 원로들이 무생에게 빚을 지었다고 생각했다.

'기이하게도 혼란으로 물들어가는 지금이 가장 평화롭구나.'

담소를 나누는 사파연합의 무인들과 무림맹의 무인들 그리고 마교의 교도들이 보이자 의선은 그렇게 생각할 수밖에 없었다.

'맹주, 도대체 무슨 일이 있었던 것이오.'

의선이 몸을 바들바들 떨며 정신이 나간 모용준을 보며 그렇게 생각할 때였다.

콰아아앙!

"무슨 일이야?!"

"저, 정의천 쪽이다!"

정의천 방향에서 커다란 폭음이 있었다. 무생이 우두커니 서서 정의천 방향을 바라보았다. 그러다가 점차 눈이 커지기 시작했다. 허무함 대신 알 수 없는 불안감이 감돌았다.

"남궁소연?! 그녀가 위험할지도 모르오!"

의선이 남궁소연을 떠올린 순간 그렇게 말하자 그 말이 무생의 귀에 바로 들어왔다. 무생의 몸을 날리려는 순간 무생의 앞에 솟아나듯 나타난 자들이 있었다.

하나같이 가면으로 얼굴을 가리고 검은 피풍의를 두른 이들이었다.

"쳐라."

감정이 느껴지지 않은 목소리가 울려 퍼지자 그들의 몸에서 핏빛 기운이 솟아나기 시작했다.

"이들도 혈마인인가!"

침착하게 이성을 유지하며 검을 빼 드는 모습은 방금 전 그 혈마인들과 같다고 볼 수는 없었다. 그리 많은 숫자는 아니었지만 시기가 나빴다.

무생이 이곳에서 이탈하여 정의천으로 간다면 이곳에 있는 많은 무림인들이 죽을 것이다. 무생의 생각은 그리 오래

걸리지 않았다.

새롭게 나타난 혈마인이 진을 갖추며 달려들었기 때문이다. 무생의 눈썹이 조금 찌푸려지는 순간,

콰아아앙!!

무생을 향해 달려들던 혈마인이 무언가에 의해 곤죽이 되어 튕겨져 나갔다. 사방으로 뻗어나가던 혈마인이 바닥에 꽂혔고 무엇인가 날카로운 것에 베어져 버렸다.

그 자리에 있던 모든 무림인이 눈을 동그랗게 뜨고 갑작스럽게 솟아난 자들을 바라보았다.

"감히 주군께 달려들다니 겁을 상실했군!"

혈마인의 날려 버리며 등장한 것은 바로 춘삼이었다. 연이어 나타난 초일과 풍이가 간단하게 혈마인을 처리하며 무생을 향해 부복했다.

"주군을 뵙습니다."

초일과 풍이는 무생이 고개를 끄덕이자 바로 자리에서 일어나며 혈마인들을 노려보았다.

콰가가가가!

"뭐, 뭐지!!"

"하, 하늘에서 무언가가!"

하늘에서 어마어마한 검강 다발들이 쏟아져 내렸다. 자비 없이 쏟아져 내린 검강들은 혈마인들을 튕겨내며 무생과의

거리를 벌리게 만들었다.

아름다운 선을 그리며 허공을 밟고 나타난 여인이 있었다.
모든 남성들이 넋을 잃고 바라볼 수밖에 없는 아름다움을 지
니고 있었다.

"설마……! 홍수희?!"

의선에 외침이 그녀의 정체를 알려주었다. 홍수희는 무생
의 앞에 가뿐하게 내려앉아 무릎을 꿇었다.

"여기는 저희가 맡겠습니다."

홍수희의 말이 떨어지는 순간 무생의 몸이 빠르게 사라졌
다. 그 빠르기는 마치 벼락을 보는 것 같았다. 그것이 바로 무
적수라보의 진정한 모습이었다.

*　　　*　　　*

정의천은 눈물바다였다. 천무형을 직접 참관하지 못한 염
의녀들과 무생을 따르는 주변 주민들은 그저 흐느끼며 울 뿐
이었다.

정의천 전체가 비통에 빠져 있을 때 무림인 하나가 숨을 헐
떡이며 달려오더니 외치기 시작했다.

"여, 염마대제! 아, 아니 염마지존께서 천무형을 박살 냈다
는 소식이오!"

그 말에 모두가 놀라 자리에서 일어났다.

"그, 그것이 참 말이오?"

"그럼요! 제 눈으로 직접 똑똑히 봤습니다! 지금 사면된 남궁 소저가 오고 있습니다!"

"하하하! 잘됐구만! 아주 잘됐어!!"

"엉엉엉!"

환희와 기쁨에 찬 웃음과 울음소리가 정의천을 가득 메웠다.

눈물을 흘리는 것은 정의천으로 향하는 남궁소연 역시 마찬가지였다. 천무형이 시작되고 나서 그녀의 눈에는 눈물이 마르지 않았다. 평생 울어볼 것을 오늘 다 울었다고 봐도 무방할 정도였으니 말이다. 무생이 천무형 자체를 박살 내는 순간 다리에 힘이 풀려 주저앉을 뻔한 그녀였다.

"이런 좋은 날 울지 마시오."

곽진이 그렇게 말하자 남궁소연은 고개를 끄덕이며 눈물을 지웠다. 드디어 얼굴을 내놓고 다닐 수 있게 된 남궁소연은 날아갈 듯 기뻤지만 무생이 겪은 고생을 생각하니 마음이 무거워졌다.

'이 은혜를 어떻게 갚을 수 있을까?'

남궁소연은 평생 무생의 곁에서 은혜를 갚겠다고 마음을 먹었다. 그렇게 생각하며 얼굴이 달아올랐지만 다행히 누구도 눈치채지 못했다.

정의동맹회의 무인들과 남궁소연이 막 정의천으로 가는 길목에 접어들 무렵이었다.

"누구냐!"

곽진이 그렇게 외치며 검을 뽑아 들었다. 그들을 막아선 것은 가면을 쓴 기이한 자들이었다. 바로 이곳에서 본 적이 있는 모습에 곽진의 손이 가늘게 떨렸다.

"네놈들은 그 혈마인……?!"

하오문주의 사건 당시 출몰했던 자들이었다. 흰 가면을 가면에 검은 피풍의를 입은 모습을 곽진은 결코 잊을 수 없었다.

진천이 신음성을 흘리며 검을 뽑자 정의동맹회의 모든 무인들이 남궁소연을 중심으로 진영을 짜며 검을 뽑았다.

두 가면 무사가 흉흉한 살기를 뿜어내며 몇 걸음 앞으로 걸어 나왔다. 그들 중 하나는 무생이 큰 부상을 입힌 가면무사였다.

"크, 크하하하하하!"

가면무사의 옆에 있던 자가 갑자기 웃기 시작했다. 남궁소연은 왠지 그 목소리가 익숙하게 느껴졌다. 미친 듯이 웃던 그가 스스로 가면을 벗어버렸다.

그가 가면을 벗는 순간 모두의 얼굴이 경악으로 물들었다.

그것은 남궁소연 역시 마찬가지였다.

"모용… 천!!"

남궁소연은 흉터가 가득하고 잔뜩 일그러진 모용천의 얼굴을 보고 믿을 수 없다는 표정을 지었다. 모용천의 한쪽 눈은 없었고, 얼굴의 반은 끔찍한 흉터만이 가득했다.

하나만 남은 눈의 눈동자는 붉은색이었고 그 눈에는 광기만이 가득했다.

"설마 무생의 옆에 있던 네가 그 천하제일미일 줄이야. 크흐흐흐."

음욕이 가득 담긴 목소리에 남궁소연의 몸이 가늘게 떨렸다. 예전의 모용천이라면 남궁소연이 무리없이 상대할 수 있겠지만, 지금은 왠지 그럴 수 없을 것 같은 느낌이 그녀의 마음속에 강렬하게 들고 있었다.

"모용천, 우리에겐 시간이 별로 없소."

"크흠, 알겠다."

모용천이 검을 뽑자 가면무사는 뒤로 물러났다. 그러자 그들의 수하들이 혈마기를 뿜어내기 시작했다.

"역시 혈마인인가! 모용천! 백도무림의 자네가 어찌 혈마인들과 같이 있는 건가!"

"그거야 다 잘 먹고 잘살기 위해서지!"

곽진의 말에 모용천은 이죽거리며 말했다. 그 모습에서는 과거 그의 모습을 찾아볼 수 없었다. 아니, 어쩌면 저것이 진정한 모용천의 모습인지도 몰랐다.

"크크크! 나는 위대하신 대천지주의 은혜를 받고 강해졌다. 크흐흐."

모용천의 검에서 혈기가 치솟더니 혈마강기가 형성되었다. 그 모습은 너무나 충격적이었다. 혈마강기를 자연스럽게 다루는 모용천의 모습을 보고 어떤 말을 할 수 있을까?

혈기가 몸속으로 침투해 오는 느낌에 정의동맹회의 무인들은 내력을 일으키며 대항했다.

"나에게 반항했던 자들을 모조리 다 죽여 버릴 것이다!!"

모용천이 그렇게 외침과 동시에 남궁소연을 향해 달려들었다. 모용천의 뒤에 있던 혈마인들 역시 마찬가지였다.

"저들의 목표가 남궁 소저인가 봅니다!"

"염마지존께서 부탁하셨다! 목숨을 걸고 지켜야 한다!"

정의동맹회의 무인들은 혈마인에게 맞서 한 치의 물러남도 없었다. 염마지존이 천무형을 대하는 태도에서 그들은 모두 용기를 배운 것이었다.

혈마인은 백도무림인들에게 두려운 존재였지만 용기를 낼 수 있었다.

"버러지는 비켜라!!"

"커억!"

모용천의 벽천검법은 훨씬 더 성숙해져 있었다. 게다가 혈마강기가 더해지니 절정에 이른 무인들도 단칼에 베어질 정도였다.

혈마강기의 위력은 정의동맹회의 무인들로서는 감당할 수 없을 정도였다. 혈마인들까지 가세하자 순식간에 정의동맹회의 무인 여럿이 바닥에 싸늘한 주검이 되었다.

남궁소연은 바닥에 떨어진 검을 주워 들고 내력을 일으켰다. 청룡검이 박살 난 덕분에 화경을 넘어서는 무위를 선보이긴 어려웠다.

"크흐흐, 역시 반항하는 맛이 있어야지."

모용천은 비릿한 웃음을 지었다. 그 모습이 너무나 사악해 보였다. 모용천은 진천의 사혈을 노리는 검을 쳐냈다. 모용천의 검이 기이한 각도로 꺾여 지며 진천을 스쳐 지나갔다.

"크윽!"

진천의 내기가 미친 듯이 날뛰기 시작했다. 혈기가 몸 안으로 침투해 혈맥과 단전을 공격하고 있는 것이다. 모용천의 검이 진천의 목을 내려치려 했다.

챙!

"하윽!"

그 검을 막아선 것은 남궁소연이었다. 남궁세가의 정수를 담은 검기로 간신히 막아섰지만 혈마강기와 대항한다는 것

자체가 그녀의 경지로서는 무리였다.

검이 단숨에 잘려 나가고 남궁소연의 몸이 튕겨져 나갔다. 그 모습을 보고 곽진이 달려들려 했지만 혈마인이 먼저 나타나 곽진의 어깨에 검을 쑤셔 넣었다.

"허억!"

곽진은 그 자리에서 피를 토해내며 주저앉을 수밖에 없었다.

전력 차이가 너무 났다. 혈마인들의 숫자는 정의동맹회의 무인들을 압도했고 개개인의 경지도 그러했다. 게다가 혈마기라는 특수한 것까지 더해지니 절대적으로 승산이 없어 보였다.

모용천은 튕겨져 나간 남궁소연에게 다가가 그녀의 목을 한 손으로 붙잡아 들었다.

"커억!"

혈기가 남궁소연의 몸속으로 침투해 모든 내공을 봉쇄시켜 버렸다. 혈기에 대항하는 것만으로도 모든 내공을 써야만 했던 것이다. 모용천의 기이하게 길어진 혀가 남궁소연의 뺨을 핥았다.

"흐윽!"

"흐흐, 달달하군."

모두의 눈에 모용천이 마치 괴물처럼 느껴졌다. 모용준이 손을 들어 남궁소연의 몸을 더듬으려 할 때였다.

"모용천, 온전히 데려오라는 대천지주의 명이 있었소."

"크, 알겠다."

모용천은 아쉽다는 듯 입맛을 다시며 남궁소연의 수혈을 짚었다. 뒤에 서 있던 가면무사가 손을 들어 신호를 보내자 혈마인들이 빠르게 나타나 남궁소연을 둘러메었다.

'오라버니… 죄송해요…….'

남궁소연은 정신이 흐려지는 와중에서도 무생에게 미안한 마음을 가질 수밖에 없었다. 언제나 폐를 끼치는 자신이 원망스러웠다.

차라리 자신을 버렸으면 하고 생각하는 순간 남궁소연이 정신을 잃었다.

"크! 아, 안 돼!"

"모용천!!"

바닥에 쓰러진 정의동맹회의 무인들이 모용천을 살기 어린 눈으로 노려보았다. 모용천은 그들을 보며 끔찍한 웃음을 그렸다.

"크흐흐, 시간이 없다고는 하지만 이럴 시간은 있겠지."

모용천은 혈마강기를 지우고 품에서 무언가를 꺼냈다. 그것을 본 순간 곽진의 눈이 크게 떠졌다. 가슴을 부여잡고 있는 진천 역시 마찬가지였다.

"벽력탄……!"

"모두 피해!!"

모용천의 미소가 사라지는 순간 벽력탄이 모용천의 손에서 떠나 정의동맹회의 무인들이 있는 곳에 떨어졌다. 진천의 눈에는 그 모든 것이 너무나 느리게 보였다.

그리고 고개가 천천히 돌아가며 벽력탄을 보고 있던 무인들과 눈이 마주쳤다. 그리고 마지막으로 곽진을 바라보았다.

[미안하네. 염마지존께 대신 사과해 주게.]

진천은 곽진에게 그렇게 전음을 보내며 혈기와 대항하던 모든 내력을 끌어올렸다. 그러고는 신법을 극성으로 전개해 벽력탄 위에 몸을 겹쳤다.

"진 선배!"

주변에 있던 무인들도 결연한 표정을 지으며 전신내력을 끌어올리며 진천의 몸 위에 몸을 겹쳤다. 곽진이 그들에게 달려들려는 순간이었다.

콰아아아앙!!

곽진의 눈앞에서 거대한 폭발이 있었다. 모용천이 던진 벽력탄은 벽력탄 중에서도 상급이었다. 그 정도 벽력탄이라면 이 일대를 날려 버릴 정도였지만 엄청난 폭발음 치고는 폭발 범위는 그리 크지 않았다.

"안 돼!!"

진천과 무인들이 모든 내공을 쏟아부어 몸과 내력으로 폭발범위를 줄여버렸기 때문이다. 곽진은 그 자리에서 망연자실한 눈으로 진천과 무인들이 있던 자리를 바라볼 뿐이었다.

형체를 알아볼 수 없게 변한 주검만이 있을 뿐이었다.

형제와 같은 동지들을 잃은 고통은 심마를 뛰어넘는 고통을 주었다.

으드득.

곽진의 이가 갈렸다. 떨리는 손은 흙바닥을 움켜잡고 있었다.

"모용천!! 으아아아!!"

곽진의 눈에서 피눈물이 쏟아져 내렸다. 살아남은 다른 무인들도 이를 악물며 모용천에 대한 살기를 토해냈다.

하지만 모용천과 혈마인들은 폭발을 틈 타 사라진 지 오래였다.

따닥따닥.

하늘로 치솟았던 흙들만이 바닥에 떨어질 뿐이었다.

『무생록』 5권에 계속…

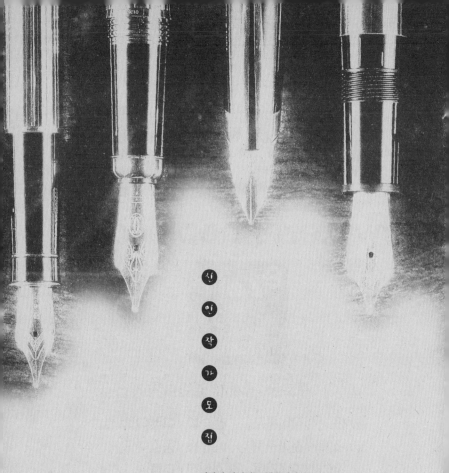

신

인

작

가

모

집

시작이 반이라고 했습니다.
작가의 길에 대한 보이지 않는 벽을 과감히 깨뜨리십시오!
청어람은 작가 지망생 여러분들의
멋진 방향타가 되어드리겠습니다.

저희 도서출판 청어람에서는
소설 신인 작가분들을 모집합니다.
판타지와 무협을 사랑하시는 분들의 많은 참여를 바랍니다.
소정의 원고(A4용지 150매)를 메일이나 우편으로 보내주시면
검토 후 출판 여부를 알려드리겠습니다.

주소:경기도 부천시 원미구 심곡2동 163-2 서경B/D 2F 우편번호 420-822
TEL:032-656-4452 ·**FAX**:032-656-4453
http://**www.chungeoram.com**
e-mail:chungeoram@chungeoram.com

FUSION FANTASTIC STORY
천성민 장편 소설

짐승의 규칙

『무결도왕』, 『다크로드 블리츠』
천성민 작가의 신간!

짐승의 규칙

살아야만 했다.
나를 위해 희생당한 부모님을 위해.
복수를 위해.

죽여야만 했다.
내가 살기 위해 타인의 목숨을.

그렇게······
나는 짐승이 되었다.

Book Publishing CHUNGEORAM

유행이 아닌 자유추구 -
WWW.chungeoram.com

도검 新무협 판타지 소설

패도무혼

FANTASTIC ORIENTAL HEROES

최대 장르문학 사이트 문피아,
최단기간 100만 조회수 돌파!
전체 선호작 베스트! 골든베스트 1위!
2013년 하반기 최고의 기대작!

『패도무혼』

정파의 하늘 천하영웅맹의 그림자 흑영대.
그곳에 흑영대 최강의 사내
흑수라 철혼이 있다.

"저놈은 뭔가 대단한 착각을 하고 있다.
…개떼는 목숨을 걸어도 개떼일 뿐……"

난 맹수들을 잡아먹는 포식자, 흑수라다.

눈가의 붉은 상흔이 꿈틀거릴 때,
피와 목숨을 아귀처럼 씹어 먹는 괴물
흑수라가 강림한다!

Book Publishing CHUNGEORAM